JAMAIS JE NE T'OUBLIERAI

Marjolaine SOLARO

Jamais je ne t'oublierai

Fayard

Couverture :
Conception graphique : © Valérie Renaud,
d'après une illustration de © Quibe

ISBN : 978-2-213-72061-6

Dépôt légal : mai 2021

À la claire fontaine…

GUILLAUME

« En souvenir de notre chère sœur, je vous invite à vous recueillir une dernière fois au son de cette chanson qu'elle a choisie et qu'elle aimait tant. »

Le silence se fit plus épais dans l'église, chacun retint son souffle. La sono crépita quelques secondes, puis le son cristallin du glissando sur les touches de piano fit voler en éclats la sérénité de l'instant. La mélodie enlevée et primesautière de « Dancing Queen » d'ABBA envahit subitement tout l'espace, puis les voix sucrées des chanteuses entonnèrent le refrain sans attendre.

Les paroles naïves résonnaient comme un chant angélique sur la voûte de l'église.

Depuis le début de l'enterrement, tout le monde tentait de faire bonne figure en s'essuyant discrètement le coin de l'œil, mais, à ce déferlement musical, les vannes s'ouvrirent.

Des sanglots éclatèrent un peu partout, se répondant les uns aux autres, accompagnant la chanson comme les notes d'un piano mal accordé. Une vague inéluctable. Comme si toute l'énergie festive contenue dans « Dancing Queen » contrastait trop douloureusement avec la perte de cette femme tant aimée.

La goutte qui fit déborder les cœurs trop pleins.

Guillaume sentit la main de sa tante Marinette serrer un peu plus fort la sienne. Secouée par des spasmes, elle ouvrait la bouche en grand pour reprendre sa respiration.

Il aurait voulu, lui aussi, se laisser aller et pleurer à chaudes larmes. Cette musique faisait revenir à sa mémoire la frêle silhouette de sa mère en transe sur la piste de danse. Chaque fois qu'elle en avait l'occasion, elle se déchaînait sur « Dancing Queen », en chantant à tue-tête dans un micro imaginaire, telle une gamine dans sa chambre. Adolescent, il trouvait ça horriblement gênant, surtout quand son père venait mimer le pianiste à côté d'elle. Aujourd'hui, c'était un souvenir gai et douloureux de ses parents insouciants.

Guillaume maintenait ses émotions à distance, bien coincées dans sa gorge. Il n'avait pas pleuré depuis l'annonce de la mort de sa mère, il ne pleurerait pas maintenant devant tous ces gens, c'était hors de question. Il rangeait soigneusement chaque sentiment difficile dans un coin de son être. Il verrait ça plus tard.

Anesthésié pour le moment par les vapeurs âcres de l'encens, son cerveau embrumé imaginait sa mère remonter l'allée en dansant le jive dans une tenue à paillettes au bras de son père. Il pouvait presque entendre le claquement de leurs chaussures de danse sur les dalles de l'église. Elle aurait adoré cette idée farfelue, il en était certain.

Les trois minutes cinquante secondes de la chanson furent les plus longues de sa vie. L'image de ses parents en train de « vivre leur meilleure vie » sur « Dancing Queen » était tenace et lui revenait sans cesse. Trop joyeuse pour ne pas lui faire mal.

Le retour du silence fut accueilli avec soulagement par l'assemblée. On allait pouvoir moucher les nez et sécher les larmes.

L'épreuve n'était pourtant pas terminée, le cortège à présent devait se rendre au cimetière. Là-bas, lors de l'inhumation, Guillaume eut toutes les peines à tenir debout. Ses mains tremblaient de tristesse et de fatigue. Il avait peu dormi depuis la disparition brutale de sa mère cinq jours auparavant. Peu mangé aussi, car tout avait un goût de cendre.

Après avoir aspergé d'eau bénite le petit cercueil en bois clair à l'église, il fallait maintenant jeter une fleur blanche dans le trou où on l'avait descendu. Encore un rituel. C'en était trop. Il ne désirait qu'une chose, que ça se termine, pour enfin rentrer chez lui et pleurer dans son coin. Malgré la présence envahissante de sa tante Marinette et le soutien de ses cousins, Guillaume se sentait seul au monde, comme chaque fois qu'il se trouvait loin de sa femme et de ses enfants.

En tant que fils unique de la défunte, il sentait tous les regards brûlants de compassion pointés sur lui, et ça l'étouffait. En bon garçon qu'il était, il faisait bonne figure et effectuait machinalement les gestes attendus : un sourire contrit, une accolade, une poignée de main… À la fin de la cérémonie, il reçut les condoléances, tel un automate distribuant les tickets de parking, et laissa à tante Marinette le soin d'inviter les nombreuses personnes présentes à venir prendre une collation chez elle.

Il voyait les gens, il leur parlait, mais il n'était pas vraiment là.

DIANE

L'ASCENSEUR DE L'IMMEUBLE ÉTANT ENCORE EN PANNE, Diane n'eut d'autre choix que de gravir à pied les cinq étages jusqu'à son appartement. Épuisée par des mois de surmenage, elle songeait à se rouler en boule en bas des marches, mais son mental prit les rênes : « Allez, vas-y, ma grande, c'est bon pour tes fesses, et si tu prépares ta valise assez vite, tu auras même le temps de faire une petite sieste. » Sa technique infaillible : monter aussi vite que possible, sans faire de pause. Revers de la médaille, à l'arrivée, la jeune femme était systématiquement à bout de souffle et en sueur.

Dès le palier, elle put sentir le beurre de cacahuètes et l'ail du poulet mafé qu'Olivier aimait parfois cuisiner quand il ne travaillait pas. Ils le dégustaient le soir en échangeant les détails de leur journée. Cela faisait une éternité qu'il n'avait pas préparé le plat de son enfance, c'était plutôt bon signe après l'ambiance à couteaux tirés des semaines passées.

— Coucou, tu es là ? lança Diane tout essoufflée en claquant la porte derrière elle.

— Je suis dans le bureau, répondit une voix étouffée à l'autre bout de l'appartement.

Elle prit le temps de déposer ses affaires dans l'entrée et de reprendre sa respiration. Elle jeta un œil distrait au courrier qui l'attendait sur la table de la cuisine. À une époque pas si lointaine, elle aurait filé ventre à terre sans même ôter ses chaussures pour embrasser lascivement son amoureux. Elle aimait qu'il soit toujours rentré à la maison avant elle, elle se sentait accueillie. Cependant, ces derniers temps, elle avait besoin d'un sas avant de le retrouver. Parfois, elle s'inventait même du boulot pour traîner à la rédaction et éviter ainsi le huis clos pesant de son couple. Si aujourd'hui elle était rentrée en plein milieu de l'après-midi, c'était pour mieux repartir.

Dans le bureau aux murs jaunes, Olivier plissait la bouche, le visage concentré sur les copies qu'il corrigeait. Il lisait le moindre mot de ses élèves avec une application dévouée, prenait le temps de débusquer les pépites de chaque rédaction pour les mettre en valeur. Même dans la pire copie, il parvenait à trouver un petit quelque chose auquel l'élève allait pouvoir se raccrocher. Il ne se contentait pas d'enseigner le français, il le faisait aimer. C'était l'étincelle dans son regard, quand il parlait de ses élèves, qui avait séduit Diane lorsqu'ils s'étaient rencontrés.

La lumière de cette belle journée d'automne soulignait la joue métisse d'Olivier en lui donnant la teinte ambrée du whisky. Diane trouva cette beauté douloureuse. Elle déposa un léger baiser sur son cou, juste là où le faisceau lumineux s'arrêtait. Il l'embrassa machinalement sur la bouche, puis remit le nez dans ses copies. Alors qu'elle s'éloignait déjà vers le salon en tortillant sa queue-de-cheval à la recherche de son courage, il sembla seulement se rendre compte de sa présence. Sans crier gare, il se mit à la mitrailler de questions, en proie à une excitation inhabituelle.

— Tu rentres tôt, dis-moi, c'est cool ! Ça te dit qu'on aille prendre un café en terrasse dès que j'ai terminé ? J'ai préparé un mafé pour ce soir, je me suis dit qu'on avait besoin d'un peu d'énergie avant demain, ensuite, on pourrait aller au ciné, c'est à ton tour de choisir le film, tu aurais envie de voir quoi ?

Il avait énoncé ça d'une traite, comme un enfant voulant tout dire avant qu'on l'interrompe, sans prendre le temps de respirer entre deux phrases. Diane ne savait pas à quelle question répondre en premier. Olivier semblait sortir de sa morosité, et elle, elle allait mettre fin à ses jolis projets de soirée romantique. Elle avait l'impression de peser trente tonnes et de devoir rouler sur des œufs frais. Elle revint sur ses pas, l'air navré.

— Ça tombe hyper mal, je suis désolée.

— Si tu es fatiguée, on peut se faire un film sous la couette, aucun problème.

— Je suis juste passée faire ma valise, Jean-Jacques m'envoie en reportage en Bretagne.

— Comment ça ?

— Le magazine a pu décrocher une interview de Thomas Coville au dernier moment et c'est moi qu'on envoie.

L'air joyeux d'Olivier n'était plus qu'un lointain souvenir. Un froid polaire tomba sur le petit bureau jaune.

— Quand ?

— Là…

— Tu pars quand, exactement ?

— J'ai un train à 18 heures et des brouettes à Montparnasse. J'ai juste le temps de préparer quelques affaires et de…

— Et tu reviens quand ? la coupa-t-il net.

— Demain soir, je ne sais plus trop à quelle heure, balbutia-t-elle.

Olivier la fixa avec mépris. Diane ne savait pas s'il allait se mettre à hurler ou à pleurer tant son visage était figé dans une expression de rage. Seuls les muscles de sa mâchoire se contractaient. Après quelques secondes qui semblèrent une éternité, il se leva d'un bond, faisant tomber la chaise, et traversa de ses grandes enjambées l'appartement pour enfiler ses chaussures et son manteau.

Diane essaya de le retenir maladroitement.

— Attends, tu fais quoi ? Si je me dépêche un peu, j'ai le temps de boire un café en terrasse.

Olivier se tourna vers elle, puis il se ravisa comme si ça n'en valait pas la peine, et claqua la porte derrière lui en lâchant un tonitruant : « Tu fais chier, Diane. »

Les murs vibraient encore du départ d'Olivier quand Diane posa son regard sur le planning hebdomadaire affiché au dos de la porte d'entrée qu'il venait de franchir. À la date du lendemain, il avait écrit en rouge, de sa belle écriture de professeur : « 14 h 30, rendez-vous clinique. »

ÉLISABETH

« Dring ! dring ! dring ! »

Le téléphone sonnait comme un possédé sur la table de nuit. Habituée aux réveils en trombe, Élisabeth sortit du sommeil en une fraction de seconde et décrocha d'un geste rapide.

— Allô ?

— Babette, c'est Cacou, t'as bien dormi ?

Le réveil posé sur la table de nuit indiquait 16 h 37.

— Oui, mais pas assez ! Que me vaut le plaisir ?

Un appel de l'hôpital augurait rarement de bonnes nouvelles.

— C'est Marie qui devait bosser cette nuit et elle vient d'appeler pour dire qu'elle était malade. J'ai déjà téléphoné à la moitié des sages-femmes du service, personne n'est disponible. Dis-moi que tu peux venir, please.

— Cacou, on s'est croisées ce matin, j'ai fait la garde de nuit hier, tu le sais bien.

— Oh, je t'en prie, dis-moi oui. T'es jeune et fraîche, toi. À ton âge, je l'aurais fait, moi, mais maintenant je ne me vois plus enchaîner.

Élisabeth soupira fortement.

— C'est bon, je prends la garde de ce soir. C'est pas comme si j'avais une vie privée, hein ? Mais tu m'en dois une maintenant.

— Merci, t'es vraiment ma préférée ! J'y retourne, je dois faire une sortie. À toute !

Élisabeth s'étira comme un chat sur son lit. Elle avait mal partout. Elle n'avait pas eu le temps de récupérer de la garde précédente qu'il fallait déjà y retourner avec entrain. Bosser en maternité était aussi difficile qu'addictif, et elle adorait ça.

Décidant de ne pas s'apitoyer sur son sort, elle se leva pour commencer sa journée comme elle en avait l'habitude.

L'odeur du pain toasté s'échappait du grille-pain pour se mêler à celle du café en train de couler tandis qu'Élisabeth sortait de sa douche, emmitouflée dans son épais peignoir en velours, les cheveux enturbannés dans une serviette marron. Elle alluma une cigarette qu'elle fuma en appréciant chaque bouffée, soufflant ses volutes vers la fenêtre entrouverte de sa kitchenette.

Elle hésita à écouter la radio pour savoir si la situation des fonctionnaires avait un peu évolué dans la journée, mais non, elle verrait ça en arrivant. Ses collègues CGTistes se feraient un plaisir de lui faire un résumé. Penser à sa vie amoureuse lui plombait suffisamment le moral en ce moment.

Il était possible qu'elle le croise cette nuit. Elle devrait faire comme si de rien n'était. Comme s'il n'avait pas foudroyé ses espoirs et sa vie en quelques mots lors de leur dernière discussion.

Elle beurra ses biscottes et remplit un grand bol de café dans lequel elle ajouta généreusement du lait et du sucre. Elle les trempa comme elle l'avait toujours fait, même si depuis quelque temps elle n'avait plus d'appétit pour rien, même pour ses petits-déjeuners de fin d'après-midi, qui étaient pourtant ses repas préférés.

Elle aimait ce rituel, qu'elle perpétuait avant chaque garde. Elle dormait quelques heures dans la journée, puis, à son réveil, prenait une bonne douche et se préparait ce fameux petit-déj' qu'elle dégustait tranquillement, en appréciant chaque détail. Le goût du beurre et de la confiture de fraises, ainsi que l'odeur du café mélangé au lait sucré, lui faisaient comme un câlin à l'intérieur. C'était comme si elle éveillait ses sens les uns après les autres. Elle avait l'illusion de commencer une nouvelle journée et d'arriver fraîche à l'hôpital. Elle parvenait ainsi à déjouer son esprit et à lui faire croire que la sieste de deux-trois heures de l'après-midi était en fait une vraie nuit. Et cela lui permettait aussi de ne pas avoir de coup de barre inopiné. Une sage-femme qui l'avait formée à l'hôpital Saint-Antoine lui avait refilé ce conseil. La jeune élève qu'elle était alors avait souri sans y prêter attention, et puis, devant la fatigue qui s'accumulait à chaque garde, elle avait testé et approuvé cette méthode. Maintenant, elle se permettait de confier son secret aux élèves sages-femmes qui avaient sa faveur.

Elle fila vers sa chambre pour s'habiller, alors qu'elle rêvait d'un plateau télé avec un verre – ou plus – de chardonnay pour ralentir le petit vélo qui tournait dans sa tête. Qu'allait-elle faire ? Quelles seraient les conséquences de l'acte qu'elle envisageait ? Ces questions, qu'elle avait si souvent entendues chez les autres et qu'elle traitait de manière professionnelle d'ordinaire, elle y était confrontée comme une ado imprudente. Elle n'aurait jamais imaginé à quel point c'était difficile. Elle aurait voulu se projeter dans l'avenir, tester une option ou l'autre pour savoir laquelle était la bonne. Elle se sentait si seule.

Alors qu'elle choisissait une culotte en coton confortable et son « cœur-croisé », celui qu'elle aimait tant, car il lui allait comme une seconde peau, elle aperçut son reflet dans le miroir en pied face à son lit. Sa poitrine formait une bosse jusque-là inconnue au-dessus des bonnets. Élisabeth fit la moue en caressant le haut de ses seins, qui gonflaient sous la pression du soutien-gorge. Elle choisit une chemise en coton bleu clair, un pantalon en laine bleu marine et le gros pull irlandais rapporté de sa dernière escapade clandestine à Dublin. Avec lui. Même si elle lui en voulait à mort, elle avait besoin de le sentir près d'elle. Ambivalence, quand tu nous tiens.

Elle vérifia le contenu de son sac de garde : une culotte de rechange, une paire de chaussettes blanches de sport, son livre en cours – *Le Nom de la rose* d'Umberto Eco –, son porte-monnaie, un paquet de Craven A, une plaquette de pilules, un briquet jaune et un paquet d'Hollywood chewing-gum.

Elle était prête. Elle espérait juste que la garde serait paisible et que rien n'irait de travers. Les problèmes et complications de ses patientes semblaient pourtant souvent proportionnels aux siens.

Avant de partir, elle attrapa la plaquette de pilules dans son sac et la jeta à la poubelle.

GUILLAUME

L'APPARTEMENT DE LA TANTE MARINETTE était bondé et surchauffé par le soleil d'automne. L'odeur de mousse de foie et de saucisson était si forte qu'on aurait pu tartiner l'air sur des toasts. Guillaume chercha le réconfort au fond des verres de crémant, qui, eux, étaient bien frais, repoussant les plateaux qu'on lui présentait régulièrement.

Marinette avait fait les choses à sa façon, avec générosité et ringardise. C'était une femme au foyer qui n'avait pas changé un gramme dans ses recettes depuis les années quatre-vingt. Ceux qui la connaissaient savaient que, le dimanche, c'était immuablement pâté en croûte, haricots verts et tiramisu. Alors, pour le frichti qui suivait l'enterrement de sa sœur, hors de question d'aller au restaurant, elle devait s'en occuper. C'était elle qui l'avait trouvée inanimée sur le sol de sa cuisine après son AVC, elle qui avait appelé le médecin, elle qui avait contacté les pompes funèbres, elle qui avait négocié les dernières volontés de la défunte avec le prêtre, peu motivé à passer du

ABBA dans son église, elle qui avait étalé le tarama sur le moindre canapé trônant de manière symétrique dans un plat en aluminium. Elle avait besoin d'être partout pour combler le vide laissé par la mort de sa sœur. Guillaume, qui habitait à 500 kilomètres de là, lui était infiniment reconnaissant d'avoir tout pris en charge.

Les gens continuaient de présenter à Guillaume leurs condoléances. Il identifiait parfois certains collègues de sa mère. Les visages avaient flétri, mais les regards s'éclairaient quand ils parlaient du bon vieux temps.

Alors qu'il fumait une cigarette sur le balcon – meilleur prétexte qui soit pour prendre l'air et s'éloigner de la foule –, un homme brun de son âge vint le rejoindre. Il le reconnut instantanément malgré les années. C'était Jérôme, le fils de la meilleure amie de sa mère, le sourire toujours aussi généreux.

— Salut, Guillaume.

— Salut, Jérôme, je ne pensais pas que tu viendrais, c'est gentil... Ça fait si longtemps.

— C'était ma marraine, je voulais lui dire un dernier au revoir et te présenter mes sincères condoléances.

— Merci, j'apprécie.

Jusqu'à ses douze ans, Jérôme séjournait souvent en vacances chez eux, en Bretagne, pour passer du temps avec sa marraine, et puis il n'était plus venu, il avait grandi et préférait partir en colo. Guillaume se souvint des colis géants de Noël que sa mère préparait avec soin pour son filleul. Une manière de lui dire qu'elle pensait à lui malgré la distance. Il était même un peu jaloux de la voir s'occuper d'un autre enfant tant il était habitué à son statut de fils unique. Une fois, elle avait acheté au magasin de jouets un Lego spatial qu'il convoitait secrètement. La chute fut rude quand il comprit que c'était pour Jérôme.

— Elsa et les enfants, ça va ? questionna Jérôme.

— Oui, on attend notre petit troisième pour ces prochains jours, c'est pour cela qu'Elsa n'est pas venue.

— Félicitations !

— Merci. Je n'ai pas vu ta mère, elle n'est pas là ?

Le visage de Jérôme se figea et son beau sourire s'assombrit.

— Non, elle est en chimio.

— Je ne savais pas, je suis désolé.

— Elle a déclaré un cancer des poumons l'an passé. Elle est de plus en plus faible et ne supporte pas très bien le traitement. Elle met ses affaires en ordre, comme elle dit, et moi, je profite des derniers moments avec elle.

— Je comprends.

Guillaume aurait donné cher pour savoir qu'il embrassait sa mère pour la dernière fois. Il aurait voulu avoir un décompte, quelque chose qui lui dise : « C'est bientôt fini, savoure tout ce qui se présente avec elle. »

— Ta mère l'accompagnait régulièrement à ses rendez-vous. Elles étaient restées très proches malgré les années. Au fait, je suis très gêné de te demander ça, mais, si je ne le fais pas, je le regretterai toujours.

— Vas-y, je t'écoute…

— Je voudrais récupérer une photo d'elles le jour de ma naissance, celle qui est sur le buffet. Ta mère me racontait souvent comment la mienne lui avait cassé le petit doigt à cause de la douleur des contractions. Elle me montrait son auriculaire tordu soi-disant à cause de moi. Est-ce que tu me permettrais de récupérer ce petit cadre ?

Guillaume aussi connaissait cette histoire par cœur. Le père de Jérôme n'était pas là le jour de l'accouchement, c'est donc sa mère qui avait pris sa place – aux dépens de son petit doigt – pour soutenir son amie.

— Évidemment, viens.

L'appartement se situait un étage plus haut. Guillaume y pénétrait pour la première fois depuis la mort de sa mère. La lumière n'y entrait plus de la même façon. Le silence y était lourd. L'ordre inhabituel était signé tante Marinette. Seule l'odeur n'avait pas changé d'un atome. Un mélange de Chanel et d'Ariel avec un soupçon de pain grillé au beurre salé. Ça sentait « chez maman ».

Tout à coup, il s'aperçut qu'un objet manquait sur le buffet du salon, mais lequel ?

— Qu'est-ce qu'il y a, Guillaume, ça ne va pas ? Tu es tout blanc.

Guillaume indiqua de l'index un espace vide et balbutia :

— L'urne des cendres de mon père, elle est là d'habitude, et elle n'y est plus, je ne comprends pas.

Le crémant lui montait à la tête, ça tournait dedans et dehors.

Jérôme lui parla doucement, comme pour le réveiller :

— Au cimetière, le prêtre a dit que l'urne de ton père avait été installée à côté du corps de ta mère dans le cercueil, selon leurs volontés. Pour qu'ils reposent ensemble. Tu ne l'as pas entendu ?

Non. Guillaume était trop occupé à observer le moindre détail de ses doigts, des empreintes digitales aux lunules de ses ongles en passant par la texture de sa peau. C'était une occupation très minutieuse qui lui permettait de rester dans sa bulle pour supporter la violence de ce qui se déroulait sous ses yeux.

Guillaume prit conscience que, aujourd'hui, il avait non seulement enterré sa mère, mais aussi son père.

DIANE

SA VALISE SUR LE LIT, DIANE PRÉPARAIT DISTRAITEMENT ses affaires en fourrant tout ce qui lui tombait sous la main.

Elle se refaisait la scène, mais elle avait beau essayer de changer d'angle, elle avait toujours le mauvais rôle.

Elle en était arrivée à un point où elle ne savait plus rien. Quand Jean-Jacques lui avait proposé ce reportage le matin même à son arrivée à la rédaction, elle avait sauté sur l'occasion. Ses deux collègues spécialisés dans le sport ne pouvaient pas y aller, et Jean-Jacques savait qu'elle aimait les remplacer, ça la changeait un peu de ses sujets habituels sur *Plus belle la vie* ou *Les Experts*. Elle adorait ce genre de voyage.

Son petit moral n'était pas passé inaperçu au sein de la rédaction de *TV Magazine* ces derniers mois, mais personne n'avait osé lui demander ce qui n'allait pas. Elle s'appliquait trop à jouer la comédie du « je vais bien tout va bien » pour que quiconque ne se risque à fissurer son armure. À la proposition de Jean-Jacques, elle avait répondu par une petite danse de la joie autour de son bureau, face à ses collègues amusés. Ils avaient l'habitude de ses réactions exubérantes dans l'open space, mais restaient son meilleur public. Ils ne demandaient que ça, le retour de leur Diane, drôle et exubérante.

Elle avait terminé ses brèves en cours et filé vers son appartement pour tout préparer sans se douter des plans d'Olivier. Le jeudi, il n'avait pas de cours au collège. La perspective d'aller à la clinique de la fertilité le lendemain devant l'angoisser, il essayait sûrement de remplir chaque minute pour faire retomber la pression. Quelque part, c'était touchant. Alors que, elle, de son côté, avait tout simplement zappé cette consultation pour entamer le processus de procréation médicale assistée, de « PMA » comme on disait. Leur vie de couple tournait autour de leur envie d'avoir un bébé depuis des mois, depuis des années même. Comment avait-elle pu oublier ce rendez-vous écrit en capitales et surligné au fluo dans son agenda ? Quelle conne.

Elle se détestait d'avoir agi ainsi. Elle méprisait l'euphorie de gamine qu'elle avait ressentie à la perspective de ce super reportage. Elle se haïssait aussi de trouver le ressort d'accepter de nouvelles missions alors qu'elle était sur les rotules depuis trop longtemps. C'était comme une course sans fin qu'elle s'imposait, mais qui, paradoxalement, la maintenait debout.

Elle entendit le bruit caractéristique de la clé tourner dans la porte. Olivier était de retour. Il avait dû faire une balade le long du canal pour se calmer.

Il entra dans la chambre et lui fit face. L'air blessé, il ouvrit la discussion, une colère sourde dans la voix.

— Ça fait deux mois qu'on attend ce rendez-vous. Deux mois, Diane, et toi, tu te barres en Bretagne ? Comment tu as pu oublier ?

Diane voulut se défendre. Coupable au possible, elle réécrivit l'histoire.

— Je suis désolée, je n'ai pas oublié, promis. Je n'ai pas eu le choix, c'était déjà décidé avant même que j'arrive ce matin. Les billets de train étaient pris, l'hôtel réservé, il avait donné mon nom au service de presse. Jean-Jacques pensait me faire plaisir.

— Tu me dis à longueur de semaine que tu es fatiguée de tes déplacements et tu acceptes un reportage en Bretagne ? Tu déconnes complètement !

Piquée au vif, elle s'enfonça dans la mauvaise foi et embraya d'un ton ironique.

— Je fais mon boulot, point final. Je n'ai pas eu le choix. Que voulais-tu que je dise ?

— C'est simple : « Non, je ne peux pas, j'ai un rendez-vous important. »

— Oui, évidemment, parce qu'en plus je suis hyper à l'aise avec le sujet, je vais leur dire : « On a rendez-vous à la clinique, je n'arrive pas à tomber enceinte, donc désolée, vous vous débrouillerez sans moi. » Non, ça ne marche pas comme ça.

Elle aurait voulu calmer le jeu, mais son ton restait sec. Ils parlaient de la même chose et, pourtant, ils étaient sur des planètes opposées.

— Écoute, je suis désolée, je n'ai pas envie de partir à cinq cents bornes alors qu'on est fâchés.

— Il faut qu'on trouve une solution, Diane. Dès que je te parle du bébé, tu pars en vrille ou tu fuis. Je ne suis pas tout seul dans cette histoire, on est deux. C'est quoi, ta priorité ?

Le ton d'Olivier avait changé, il se faisait plus doux, presque suppliant.

— Mais c'est le bébé.

— Alors, il va falloir que tu me le montres, parce que c'est loin d'être clair. Tu dis des choses, tu en fais d'autres, tu me laisses sur le carreau. En fait, tu t'en fous ! Tu décides quoi ?

Diane rassembla toutes les miettes de conviction éparpillées en elle pour formuler une réponse :

— On va en parler, ça va s'arranger. Je vais prendre des jours à mon retour et on fixera un nouveau rendez-vous. Là, je n'ai pas le choix.

Elle avait l'impression de se voir gesticuler depuis l'extérieur, tout sonnait faux.

— Si, tu as le choix. Reste. Tu appelles la rédac et tu annules. Demain on va à la clinique comme prévu. C'est pas compliqué.

Tout en Diane hurla « non ». Elle voulait faire ce reportage, elle méritait cette bouffée d'oxygène. Mais le mot ne parvint pas jusqu'à sa bouche. Elle trouva une porte de sortie et s'y engouffra sans s'inquiéter des conséquences.

— C'est un ultimatum ? Très bien. Je dois partir maintenant, sinon je vais louper mon train.

Elle ferma le zip de sa valise, attrapa ses affaires et s'engouffra dans le couloir sans oser croiser le regard d'Olivier.

ÉLISABETH

ÉLISABETH APPRÉCIAIT L'AIR FRAIS de la fin de journée. Il lui donnait l'impression de pouvoir respirer à pleins poumons. Elle marchait d'un bon pas et traversa rapidement le square des Saint-Simoniens, qui était désert. Elle tourna à gauche, rue de la Chine, trouva Paris plus calme que d'habitude. Elle appréciait d'habiter à seulement quelques minutes de son lieu de travail. Ce trajet entre son appartement et l'hôpital était une parenthèse nécessaire. À l'aller, elle commençait à se concentrer, à rassembler ses forces, un peu comme un boxeur avant de monter sur le ring. Au retour, elle en profitait pour flâner et s'asseyait parfois dans le square pour fumer une cigarette en regardant les petits Parisiens jouer avec les pigeons. Ça lui permettait de mettre de la distance avec les événements plus ou moins joyeux qui pouvaient se dérouler en salle d'accouchement. En quelques heures, elle côtoyait la vie, la mort, les plus belles émotions et les plus douloureuses aussi. C'était ce qu'elle aimait, ce qui lui faisait enfiler la blouse jour après jour avec la même motivation. C'était aussi ce qui lui prenait tant d'énergie, mais elle n'aurait échangé son métier contre aucun autre. Pas même contre deux barils de lessive, comme ils disaient dans les réclames.

Elle descendit encore quelques minutes tout droit vers l'hôpital. Elle aimait passer les arches de cet établissement majestueux. Le lieu avait une âme. Le côté inébranlable de l'hôpital public qui accueille tout le monde sans distinction d'âge ou de revenus semblait personnifié en ces murs. Parfois, elle se disait que ce bâtiment était là bien avant elle et qu'il le demeurerait bien longtemps après. À 34 ans, elle trouvait cette idée aussi vertigineuse que réconfortante.

En arrivant, elle fit un signe de la main à Aimé, le gardien à l'accent antillais. Il lui souriait toujours, il souriait à tout le monde, c'était sa manière à lui d'assurer l'accueil. Il aimait la saluer en lui glissant un calembour ou une contrepèterie, sa préférée étant : « Alors, Babette, vous arrivez à pied par la Chine ? »

Élisabeth l'avait entendue plus que de raison. Elle se gardait bien de le lui faire remarquer, elle appréciait trop cette petite habitude pour la mettre en péril. Une garde qui commençait par un bon mot de lui, même maladroit, ne pouvait être complètement ratée. Aimé était toujours la première personne à l'appeler Babette, ça lui permettait de se mettre dans son rôle avant même d'enfiler son pyjama rose. Babette, c'était le surnom qu'on lui donnait dans tous les services où elle avait travaillé.

Aujourd'hui, Aimé fit dans la dentelle avec une nouvelle contrepèterie : « Alors, Babette, je voulais vous souhaiter une bonne nuit et vous dire : j'aime vachement votre frangin ! » Elle sourit à Aimé d'un air entendu, ajoutant un clin d'œil pour la forme, et lui souhaita également une bonne soirée.

Élisabeth fila vers le vestiaire. Elle revêtit son uniforme sans croiser personne : pyjama, chaussettes de sport blanches, sabots blancs avec talons en bois qui font du bruit. Elle attrapa un stylo dans son casier pour le glisser dans la poche contre son sein gauche. Elle farfouilla dans son sac pour prendre son paquet de cigarettes et son briquet et les colla au fond de sa poche. À sa montre, il était 17 h 50, timing parfait.

Élisabeth entra dans l'arène sans trop savoir qui elle était, du gladiateur ou du lion.

GUILLAUME

SON SANDWICH ROSETTE-CORNICHON ENCORE INTACT à la main, Guillaume essayait juste de ne pas se laisser avaler par le trou béant qui grandissait au creux de son ventre. Le remplir par du pain élastique, de la charcuterie bon marché et du beurre même pas demi-sel ne semblait pas la meilleure des idées, mais il fallait bien manger. Il s'accrochait à la valse grouillante des passants pour ne pas laisser son cerveau mouliner les images des dernières heures, des derniers jours.

Là, une jeune fille au teint mat avec un chignon sur le haut du crâne et un sac à dos plus large qu'elle pressait le pas. Ici, un jeune papa aux yeux cernés berçait son bébé pas du tout endormi dans sa poussette. Sur un banc, trois hommes d'âges et de styles différents baissaient le nez vers leur téléphone. Derrière eux, une cinquantenaire à la chevelure trop orange pour être naturelle était absorbée dans le dernier Goncourt, qu'elle venait seulement de commencer, à en juger par le peu de pages coincées dans sa main gauche.

Plus loin, une mamie en manteau de laine grise avec chapeau assorti, trop chauds pour la saison, se tenait debout et immobile, une grosse valise à roulettes à ses pieds.

Le regard de Guillaume s'arrêta sur cette vieille dame qui, elle, fixait le panneau d'affichage des départs, attendant que sa voie soit enfin annoncée. Pendant quelques secondes, il ne pensa à rien.

Fatalement, cette femme convoqua l'image de celle à qui il ne voulait plus penser. Il entendit la voix de sa mère, qui râlait chaque fois qu'elle prenait le train : « Une fois de plus, je suis voiture 20, ce n'est pas possible, ils le font exprès ou quoi, à la SNCF ? Quand on a une carte Senior, on devrait d'office être au début du quai et pas à l'autre bout du monde ! Et encore, moi, je marche bien pour mon âge, mais les vrais petits vieux, ils font comment avec leur barda à trimballer ? Parce que tu sais combien de mètres ça me fait parcourir jusqu'à la voiture 20 ? Presque 475... Je l'ai lu sur Wikipédia ! »

Elle était unique en son genre. Elle aimait la précision, n'oubliait jamais un chiffre qu'elle avait lu. Elle pouvait réciter sans ciller le nombre de marches du phare des Baleines de l'île de Ré : 257 ; le nombre de mètres d'un mille marin : 1852 ; la taille du viaduc de Millau : 343 mètres. Elle était redoutable et, avec ce talent inhabituel, elle aimait beaucoup épater la galerie.

Depuis qu'elle avait investi dans un ordinateur portable et installé le wifi chez elle, à la naissance de son premier petit-fils, la mère de Guillaume avait passé son temps à vérifier des choses sur Google. Certes, elle n'était pas capable d'écrire un mail ni un SMS correctement – l'écriture intuitive et le blocage des majuscules, ça, elle n'y arriverait jamais –, mais elle maîtrisait suffisamment Internet pour faire des Skype et acheter ses billets de train en ligne. Elle avait même réussi à vendre des meubles sur Leboncoin et à commander de la laine sur le site de Phildar, c'est dire. Elle songeait même à s'acheter un iPhone pour pouvoir appeler ses enfants en FaceTime. Ça lui plaisait beaucoup, cette idée de se parler « visuellement » dans le téléphone, mais cela ne l'empêchait pas pour autant de s'emporter devant les prix prohibitifs que lui proposait son opérateur après tant d'années de fidélité. « C'est un téléphone ou un yacht que vous essayez de me vendre ? Et vous voulez que je resigne pour deux ans avec vous ? Je n'ai plus de mari, ça n'est pas pour m'engager avec qui que ce soit sur une aussi longue durée ! » Oui, elle osait vraiment dire ce genre de choses aux pauvres opérateurs de la hotline Bouygues Telecom qui avaient la chance de tomber sur elle.

Le trou dans son ventre ramena Guillaume à la réalité. Il n'y aurait plus de râleries contre la SNCF, plus de Skype pleins de suspense à se demander si elle parviendrait à lancer la vidéo, plus de SMS incompréhensibles. Il n'y aurait plus rien, à part des souvenirs, et, déjà, il regrettait de ne pas en avoir collectionnés davantage. Il sortit son téléphone de la poche de son imperméable et, d'une main, chercha le dernier message qu'il avait reçu d'elle, quelques jours auparavant.

« Comment vonT MES CHEri d amour??? Tojor oK DEPui la rentre ??? ON SKYPE 1 SOIR. BEBE PAS LA ? BISES MAM »

« Mam », c'était sous ce surnom affectueux qu'il l'avait enregistrée dans ses contacts.

Quand il ouvrait l'un de ses textos, c'était un peu comme s'il déchiffrait une autre langue. Un vrai Champollion sans sa pierre de Rosette. Comme quand il avait 10 ans et qu'il décryptait les petits mots qu'elle laissait pour lui sur la table de la cuisine les soirs où elle était de garde à l'hôpital. Pour une infirmière, elle pouvait se vanter d'avoir l'écriture d'un médecin.

Avant de ranger son téléphone, Guillaume tapa rapidement du pouce un message à Elsa :

« Suis vidé, je monte bientôt dans le train et j'arrive à 22 h 02. J'ai hâte de vous retrouver, mes amours. Pas de nouvelles contractions ? Bisous x 1000 au moins. »

Comme à son habitude, Elsa répondit du tac au tac :

« Fatiguée aussi d'avoir tant pleuré et frustrée de ne pas avoir été avec toi. Les loulous vont bien et me parlent de Maminou. Ils sont vraiment tristes. Il va falloir qu'on prenne le temps de discuter avec eux. Bébé au taquet dans mon ventre. Tu nous manques, reviens vite. Je t'aime, amour de moi. »

Guillaume sentit sa gorge se serrer. Depuis cinq jours, il avait été incapable de verser une larme, mais les mots doux de sa femme fissurèrent sa carapace. Il se mit à pleurer silencieusement, sans même esquisser un mouvement du visage. Le petit garçon orphelin toquait à la porte, il avait un besoin urgent de sortir. Un sanglot était prêt à le submerger, mais il le refoula, non, pas maintenant, pas au beau milieu de la gare Montparnasse. Il n'aimait rien dans cet endroit. Ni son odeur, ni sa frénésie, ni les gens qui y passaient, ni les Parisiens pressés de partir en week-end, ni les Bretons et les Basques effrayés par la capitale, ni les boutiques qui bordaient les quais, ni les travaux interminables qui rendaient l'atmosphère encore plus hostile. Le pompon revenait à l'affreuse tour sur laquelle on se cognait à la sortie. La vue de cette verrue sombre lui donnait une seule envie : repartir vers sa Bretagne. La tour avait beau afficher ce jour-là une campagne pour une quelconque mobilisation contre le cancer, sa laideur était pour lui sans appel. Alors non, ce n'est pas ici qu'il pleurerait sa mère. D'un revers de la main, il essuya maladroitement les larmes qui avaient roulé jusque dans son cou. Il vérifia si des regards étaient portés sur lui, mais non, personne n'avait rien remarqué. Son sentiment de solitude, au sein de cette foule si dense, était renforcé par son invisibilité. Il plissa tellement fort les yeux qu'il eut peur de ne jamais pouvoir desserrer les paupières. Il se contrôlait, le déferlement de sanglots n'aurait définitivement pas lieu. Mais il fallait bien désormais rouvrir les yeux, ce qu'il fit à regret.

À cet instant précis, une fille en ciré jaune passa comme un courant d'air devant lui. Elle marchait d'un pas résolu, un sac à dos fleuri sur les épaules et une valise rouge qu'elle traînait bruyamment derrière elle. Sa queue-de-cheval blonde, presque jaune, se balançait en haut de sa tête. On aurait dit une gamine dans une cour de récréation, qui fendait la grisaille parisienne, bousculant les voyageurs qui grognaient sans qu'elle les entende. Une petite tornade solaire qui savait précisément où elle allait. Son exact contraire à l'instant même. Comme un antidote éphémère à sa douleur. Elle disparut quelques secondes plus tard dans le relais presse du coin.

Un sourire se dessina sur les lèvres de Guillaume. Il pouffa en sifflant par le nez, puis se mit à rire franchement. L'image de cette fille, dont il n'avait même pas aperçu le visage, lui semblait tellement vivante que cela lui réchauffa le cœur. Ce ciré jaune à Paris, si loin de sa Bretagne, c'était incongru ! Sa mère, elle, aurait eu un bon mot à la vue de cette fille à l'allure conquérante. Lui se contenta d'apprécier le comique de la situation et de relâcher un peu la pression accumulée.

Il croqua machinalement dans son sandwich. À son grand étonnement, il le trouva bon.

Il faut dire qu'il n'avait rien avalé de solide depuis la veille. Les verres de crémant sifflés un peu trop vite pour supporter les condoléances et le jus d'orange du matin lui tordaient encore les boyaux.

Il repensa à Jérôme, qui l'avait embrassé longuement au moment de se séparer. Trop, vu leur degré d'intimité. Guillaume avait peur qu'ils ne se revoient d'ici quelques mois pour l'enterrement de sa mère à lui. Le ciel ne voulait décidément pas s'éclaircir.

Dans le hall froid de Montparnasse, il ne savait plus s'il avait faim ou s'il avait envie de vomir. L'idée d'enterrer à nouveau quelqu'un lui souleva le cœur. C'était comme si un petit bout de son enfance menaçait de disparaître à nouveau.

Il mordit une deuxième fois dans son sandwich et sentit le léger goût vinaigré et réconfortant du cornichon. Depuis cinq jours, tout ce qu'il mangeait avait le goût de la tristesse. Il continua à grignoter, évitant soigneusement le papier d'emballage qui affichait fièrement la marque Paul. Repoussant l'image de sa mère, qui revenait sans cesse, il chercha à se plonger dans la vie fourmillante de Montparnasse. Mais, partout, elle était là… Il s'attendait à la voir débarquer à chaque instant et la reconnaissait dans toutes les femmes de 1 m 50 au carré gris.

« Mam » emplissait l'espace autour de lui à mesure que le trou dans son ventre s'élargissait.

Le chagrin le submergeait et revenait à l'attaque par vagues serrées. À peine le temps de se changer les idées quelques secondes qu'il était à nouveau englouti par l'image de sa maman perdue pour toujours. « Tu devrais méditer, ça te permettrait de gérer tes pulsions et de ne pas replonger dans la clope », lui avait charitablement soufflé sa cousine Léa alors qu'il tirait une longue taffe après la cérémonie. Elle était adorable, il la chérissait de tout son cœur depuis l'enfance, mais elle n'avait pas perdu son père à 20 ans et sa mère à 35. Elle n'avait d'ailleurs jamais dû arrêter de fumer puisqu'elle n'avait jamais commencé. Si elle avait déjà perdu ses parents, elle aurait su que c'est, au contraire, la meilleure occasion pour s'y remettre : dans ces moments-là, on a besoin de s'anesthésier avec quelque chose, de se faire un peu mal, de se coucher avec la gorge qui pique et une sensation de malaise due à autre chose qu'à la perte. Guillaume forma le vœu que Léa découvre le goût du deuil le plus tard possible, en espérant que le yoga et la médiation, dont elle était si férue, puissent l'aider aussi bien qu'elle semblait l'espérer quand le moment serait venu. Namasté.

Son regard l'entraîna vers un couple de trentenaires en grande discussion devant le vendeur de smoothies. Ils avaient l'air sur le point de divorcer. Ou, si ça se trouve, c'étaient juste des collègues de travail qui argumentaient sur le dernier dossier houleux de leur boîte. Guillaume était assez mauvais pour inventer avec aplomb les histoires qui pouvaient se cacher derrière les silhouettes anonymes, alors il n'insista pas. Il s'arrêta ensuite sur un jeune homme qui chantonnait en marchant alors qu'il n'avait pas de casque sur les oreilles, puis sur un autre, adossé à une poubelle, complètement absorbé par un jeu sur son téléphone. Ses pouces bougeaient tellement vite qu'il semblait appartenir à une autre dimension, accélérée. Un mouvement général mit soudainement fin à ses observations. Une bonne partie des voyageurs, qui patientaient sous le panneau des départs, prenaient la direction des voies situées sur la gauche.

QUIMPER – TGV 8741 – Départ 18 h 56 – VOIE 6

C'était son train. Concentré sur la vie de la gare, il n'avait pas prêté attention au bruit du tableau qui effeuillait les lettres et les chiffres. Il chercha du regard la mamie avec son manteau et son chapeau assortis qu'il avait vue plus tôt, mais il ne la trouva pas. Il aurait bien aimé lui donner un coup de main, surtout si elle était voiture 20. Ça lui aurait fait du bien au moral. En portant un poids supplémentaire qui n'était pas le sien, il aurait allégé sa peine, tout en trottinant au diapason de son rythme lent. Il lui aurait fait aimablement la causette et elle aurait probablement apprécié, la petite mamie. Bon sang, ça dégoulinait de gentillesse condescendante, tout ça, mais il était incurable. La serviabilité un peu obséquieuse était sa première qualité et aussi son principal défaut tant il pouvait mettre mal à l'aise les autres en voulant trop bien faire. Trouver où poser le curseur entre en faire assez sans en faire trop était compliqué pour lui.

Il attrapa ses affaires, qu'il avait laissées à ses pieds, et prit la direction de la voie 6. Il était voiture 12, en première classe. Elsa lui avait dit d'autorité : « Pour dix-sept euros de plus, tu prends une place en première. Point barre. Tu seras content d'avoir un peu de confort. » Pour lui qui avait l'habitude de l'agitation du carré famille quand il voyageait avec les siens, le luxe de la première classe, c'était avant tout son calme.

Voiture 12, place 10. Guillaume installa son sac au-dessus de sa tête, dans le porte-bagages, profitant au passage de l'odeur si spéciale de son cuir vieilli qu'il aimait tant. Elle lui évoquait le voyage, les escapades. Porto, Paris, San Diego, Tokyo… Un parfum familier, rassurant comme un petit doudou, qui l'accompagnait partout. Sa place se situait côté fenêtre dans le sens de la marche. Lui, ça lui était bien égal, mais c'était la place que préférait sa mère. « Comme ça, je n'ai pas mal au cœur et je peux regarder défiler le paysage. En plus, comme je ne me lève ni pour faire pipi, ni pour manger, je ne dérange personne. » Elle préparait toujours une salade, qu'elle transportait dans une assiette jetable recouverte de film plastique. « Comme ça, je la jette dans le train et je ne dépense pas ma retraite en sandwichs caoutchouteux. » Guillaume avait essayé de lui expliquer que, depuis quelques années, les encas de la SNCF étaient bien meilleurs, mais c'était peine perdue. « C'est toujours moins bon et plus cher que ce que je me prépare. » L'implacable logique de sa mère. Impossible de lutter.

L'envie irrépressible de fumer une cigarette monta subitement. Il restait encore quelques minutes avant le départ, largement le temps de s'offrir un petit plaisir coupable. Avant de descendre sur le quai, il croisa une femme de l'âge de sa mère, accompagnée d'un jeune homme qui aurait pu être lui il y a quelques années. À leur manière de s'embrasser sur les deux joues avec une affectueuse maladresse, c'était sûrement une mère et son fils. « Alex, monte ma valise, tu veux bien », ordonna-t-elle gentiment. Guillaume tendit la main pour l'attraper au vol et éviter à son fils de monter à bord. Le petit bagage pesait bien plus lourd qu'il n'y paraissait. Il le rangea dans l'emplacement réservé, puis ouvrit la porte du wagon pour la dame, qui n'y parvenait pas toute seule. Satanées portes qui vous coinçaient traîtreusement juste au moment de passer.

En descendant, il observa le jeune homme, qui cherchait sa mère des yeux. Il les plissait pour la deviner derrière le reflet de la vitre. Un sourire s'esquissa sur son visage. Il avait dû la trouver. Guillaume lut sur ses lèvres un silencieux « tu m'appelles quand t'arrives », accompagné d'un geste de la main formant un combiné de téléphone à l'oreille. Lui, qui enviait rarement les autres, fut foudroyé par un sentiment de jalousie.

Il alluma sa cigarette d'un geste sûr, faisant fi du courant d'air habituel de Montparnasse. En bon

Breton, il savait le faire même en pleine tempête. Face au vent justement, les mains en corolle au-dessus de la cigarette. Tirant intensément sur le filtre pour être sûr qu'elle s'embrase. Il la fuma ensuite doucement, méthodiquement. Il voulait prendre son temps, car il savait qu'il arrêterait à la minute où il poserait le pied sur le quai de Lorient. Il n'avait pas non plus envie d'avoir les doigts qui sentent fort le tabac, ce qui arrivait quand on allait trop vite. Les vrais fumeurs le savent. Il avait stoppé au début de la première grossesse d'Elsa, en même temps qu'elle. Ça lui avait d'ailleurs valu une belle couvade et huit kilos de plus sur la balance. Treize mois plus tard, il recommençait, et il n'avait pas eu le courage de rééditer l'expérience lors de la deuxième grossesse. C'était trop fatigant, la vie de père de deux enfants en bas âge, pour avoir l'énergie d'affronter le sevrage à nouveau. Pourtant, à l'annonce de la troisième grossesse et à l'approche de ses 35 ans, il avait pris les choses en main et s'était mis à vapoter. Framboise, verveine, fruits des bois, des trucs sucrés, juste le temps de trouver ça vraiment mauvais. Mais il n'avait pas repris la vraie cigarette. Quand sa tante Marinette l'avait appelé pour lui annoncer la terrible nouvelle, il avait tout de suite eu besoin de fumer. Et de boire aussi. Petits pansements douloureux à coller sur une douleur abyssale.

Mais il savait que continuer à fumer, c'était rajouter une couche de suie à son malheur. Il n'avait pas non plus envie de sentir le cendrier, de répondre aux questions des enfants face aux photos écœurantes des paquets et de croiser le regard réprobateur d'Elsa. Alors oui, il jetterait ce paquet avant d'arriver à la maison.

— T'as pas une pièce, mec ?

Un grand jeune homme très maigre, aux dents noircies, l'interpella, la main tendue vers lui. Guillaume n'osa pas le regarder dans les yeux.

— Non, j'ai pas d'argent sur moi, mentit-il timidement pour se débarrasser de lui.

— Tu peux me donner une clope ou deux, steuplaît ?

Plus par faiblesse que par gentillesse, Guillaume sortit son paquet de cigarettes et le lui abandonna.

— Merci mec, c'est vraiment cool, t'es un prince.

Trop pressé de remonter dans le train, Guillaume entendit à peine ses remerciements. Aider les mamies à porter leur valise de manière chevaleresque, c'était son fort, mais affronter la vraie misère du monde, c'était trop pour lui.

De retour à sa place et encore troublé par sa lâcheté, il constata qu'il était seul dans son carré. Il sortit sa bouteille d'eau de son sac de voyage et s'installa aussi confortablement que possible pour les trois heures à venir en étendant ses jambes fatiguées. Il n'avait qu'une envie, s'assoupir, bercé par le ronron rassurant du TGV. Couper le robinet à souvenirs pour respirer un peu. C'est vrai que la première classe, avec ses larges fauteuils qui s'allongent un peu et ce bruit étouffé, comme si les murs étaient matelassés, était agréable.

Une image d'une violence inouïe lui sauta à l'esprit. Celle du matelassage ivoire du cercueil de sa mère. C'est le problème avec les associations d'idées quand on a un cerveau qui réfléchit en arborescence : elles tapent là où ça fait mal au moment où on ne s'y attend pas. Ce matin, lors de la mise en bière, elle était toute belle dans son cercueil. Maintenant, elle était six pieds sous terre. Dans un mois, à quoi ressemblerait-elle ? Et dans un an ? L'image lui souleva le cœur. Comment est-ce qu'on supporte d'être amputé ainsi de l'amour inconditionnel de sa maman ?

La mort de son père l'avait déjà énormément chamboulé. Ravagé serait plus correct pour décrire son état, d'ailleurs. Il avait 20 ans, il venait de quitter la maison pour son premier stage parisien dans une grosse boîte de logiciels informatiques. Sa mère avait tout géré, comme elle savait le faire, de l'enterrement aux papiers administratifs en passant par les avis de décès. Elle ne lui avait pas demandé d'aide. Elle l'avait protégé, rassuré. Elle avait tenu la baraque, stoïque et fière. Il vivait les débuts de sa vie d'adulte, il avait son appart', ses études, son stage, ses sorties nocturnes avec les potes… Il n'avait pas saisi tout de suite qu'il n'avait plus de papa. Il l'avait compris au fil du temps, au fil des événements où ses absences se faisaient ressentir. Le premier Noël sans lui, un mois plus tard, l'avait séché sur place. Tante Marinette les avait invités tous les deux pour qu'ils ne restent pas seuls, mais c'était un Noël sans entrain. Tout semblait gris, on se forçait à rire un peu, ça sonnait faux. Il avait passé quelques mois à s'abrutir en fumant des joints et en descendant des bières. Puis, un jour, sa mère lui avait dit que ça suffisait, que son père lui aurait collé un bon coup de pied aux fesses s'il l'avait vu comme ça et que, si elle tenait le coup, il se devait d'en faire autant, qu'elle n'allait pas financer son oisiveté. La remontée de bretelles avait fait son effet.

En avançant dans l'âge, il découvrait que son père lui manquait à chaque étape importante de sa vie. Son diplôme, son mariage, la naissance de ses enfants… Il s'était construit avec ce manque et aimait à penser qu'il l'avait transformé en force. « Ce qui ne te tue pas te rend plus fort. » Tu parles. Nietzsche ta mère, oui.

Guillaume en était là de sa réflexion quand son œil fut attiré par une silhouette qui se faufilait entre les passagers en train de s'installer. La fille au ciré jaune distribuait avec le sourire des « pardon madame », « pardon monsieur », en avançant péniblement avec sa valise rouge.

Elle s'arrêta à son niveau pour regarder les numéros des places en fronçant les yeux.

« Bonsoir », lui dit-elle gaiement, sans même le regarder. Guillaume eut à peine le temps de bredouiller un « bonsoir » timide qu'elle s'installa avec une énergie surprenante, levant son bagage au-dessus de sa tête d'un geste précis pour le ranger, se tortillant en face de lui, l'obligeant à retirer prestement ses pieds, enlevant son ciré en se débattant pour le coller sur ses genoux comme s'il s'agissait d'un plaid… Sans prêter attention au monde qui l'entourait, elle ouvrit la tablette devant elle et sortit une multitude d'objets de son sac à dos fleuri : son smartphone, une gourde en métal, un carnet rose, un stylo noir, un crayon gris, une collection de surligneurs fluo, *Le Parisien* du jour et une barre de chocolat Mars. Après un long soupir, elle sembla enfin se poser et déplia largement le journal, dans lequel elle se plongea avec attention.

Impossible pour Guillaume de quitter des yeux cette fille tant elle avait la capacité d'occuper l'espace de ce petit carré. Il avait suivi avec attention le moindre de ses gestes et, si quelqu'un l'avait observé, lui, à ce moment-là, il aurait eu un peu honte, car il devait certainement avoir la bouche ouverte comme chaque fois qu'il bloquait sur quelqu'un ou quelque chose.

Une fois la tornade calmée, il s'attarda sur le visage de la jeune fille, qu'il n'avait pas encore réellement vu. Son cœur manqua un battement… Il la connaissait ! Son cerveau scanna rapidement toutes les informations qu'il pouvait pour trouver de qui il s'agissait. Visage aux joues rondes, grands yeux à la couleur indéterminée, nez à la retroussette, teint mat, sourcils foncés, queue-de-cheval haute et très blonde, comme décolorée par l'été… Rien ne faisait tilt pour confirmer cette impression indéniable de déjà-vu.

« Mesdames et messieurs, le TGV n° 8741 à destination de Quimper va partir dans quelques instants. Il desservira les gares de Rennes, Redon, Vannes, Auray, Lorient et Quimper, son terminus. »

Avec l'âge, ça lui arrivait souvent de croiser des gens qu'il connaissait dans des lieux où il ne s'y attendait pas. Lorsqu'il était au pont du Diable, dans les Cévennes, l'été dernier, il était tombé nez à nez avec Manu, le témoin de mariage de son pote d'enfance Marc. Ils avaient passé une très bonne soirée à l'époque à fumer des cigares, à boire du champagne et à danser la carioca. Et là, sept ou huit ans plus tard, ils étaient tous les deux en train de louer un kayak pour promener leur petite famille. C'était Manu qui l'avait reconnu, Guillaume était plutôt lent pour remettre un nom sur le visage des gens. L'après-midi s'était écoulé, ils étaient ensemble, heureux d'être réunis par le hasard.

Somme toute, c'était logique que ce genre d'aventures lui arrive plus souvent. Après tout, plus on vieillit, plus on a rencontré de monde dans sa vie, plus on a visité et habité de lieux, plus on a de connexions, plus on a d'opportunités de croiser quelqu'un qui nous est familier. Il devait y avoir une histoire de probabilités là-dedans. Guillaume se rappelait vaguement avoir lu une étude sur le sujet, partagée maintes fois sur Facebook. Mais le problème, avec ce type d'info, c'est qu'on en reçoit tellement quotidiennement que l'on ne les retient plus.

À bien la regarder, il ne s'agissait pas vraiment d'une jeune fille, mais plutôt d'une jeune femme. L'air juvénile que lui conférait sa queue-de-cheval était trompeur, car son front présentait de fines rides horizontales. Le tour de sa bouche était marqué et son air concentré faisait ressortir les pattes d'oie au coin de ses grands yeux. Elle devait avoir 30 ans au moins, même si cette queue-de-cheval haute criait qu'elle pensait n'en avoir que 20. Cette coiffure lui rappelait cette fille au lycée qui l'aimait éperdument. Katia lui avait déclaré sa flamme lors de sa soirée d'anniversaire. C'était la première fois qu'il organisait une fête à la maison, ses parents lui avaient fait confiance : pas trop d'alcool et pas de casse. La demoiselle n'avait pas dû avoir les mêmes consignes. Éméchée au Malibu, elle avait d'abord coincé Guillaume dans l'arrière-cuisine pour essayer de l'embrasser. Il se souvenait encore de sa queue-de-cheval bouclée qui lui frôlait le bras quand elle minaudait autour de lui. Comme il avait esquivé son baiser, elle était allée noyer son chagrin. Dans le whisky-Coca cette fois. Puis dans le gin. Et dans les shots de tequila. On n'est pas malin quand on a 16 ans. Complètement ronde et éperdue d'amour, elle était montée sur le toit de la cabane à outils et menaçait de sauter s'il ne venait pas la chercher. Certes, elle ne risquait pas grand-chose, à part une entorse, vu que la cabane culminait à 2 m 10, mais elle avait déjà abîmé le shingle du toit avec ses talons. Guillaume était monté la chercher et lui avait charitablement déposé un smack rapide sur les lèvres sous les applaudissements et les sifflets de toute la classe. Katia avait ensuite longuement occupé les toilettes avant de repartir en pleurant ou en riant, on ne savait pas trop. Ils ne s'étaient plus jamais adressé la parole après cette soirée. S'ils devaient se recroiser aujourd'hui, Guillaume savait pertinemment que tous les deux feraient comme s'ils ne se connaissaient pas. Ou plutôt comme s'ils ne se voyaient pas. Il y a des souvenirs que l'on préfère ne pas déterrer, surtout quand ils remontent à l'adolescence.

La fille au ciré jaune, au contraire, lui évoquait un souvenir agréable qu'il avait envie de revivre.

Peut-être que, comme avec Manu, c'était elle qui allait le reconnaître ? Elle semblait vive d'esprit, elle retrouverait certainement plus vite que lui. Pour l'heure, elle était tellement absorbée par la lecture de son *Parisien* qu'il pouvait la dévisager sans gêne. Elle semblait ailleurs, complètement dans un autre monde, comme si son corps était dans ce TGV pendant que son esprit se consacrait à la lecture totale et intégrale du journal. Horoscope et courses hippiques inclus. Guillaume admirait cette capacité à se plonger dans sa bulle. La sienne n'était pas étanche et ses propres idées le bousculaient sans cesse.

La jeune femme était si concentrée qu'elle en paraissait fâchée. On lisait une sorte de détermination et de colère sur son visage. Régulièrement, elle jetait la tête sur le côté d'un coup sec pour renvoyer en arrière sa queue-de-cheval, qui glissait invariablement sur son épaule droite. Quand elle en avait fini avec une page, elle ouvrait le quotidien en grand d'un mouvement sec, puis le repliait en quatre en marquant bien les plis. À ces gestes précis, on voyait que la maîtrise de ce pliage relevait d'un rituel.

Peut-être était-ce à un mariage qu'il l'avait rencontrée ? À 35 ans, les occasions se faisaient un peu plus rares dans son entourage, mais, à une époque, Elsa et lui se rendaient facilement à trois ou quatre cérémonies par an. Il y avait même eu cet été 2010 où, invités à pas moins de cinq mariages d'un bout à l'autre de la France, ils n'avaient pas réussi à partir en vacances en Croatie. Mat et Angélique. Gaëlle et Aymeric. Carole et Janlou. Gilles et Laurence. François et Béné. Tout ce petit monde avait voulu se dire oui pour la vie. Il y avait eu le défilé des mairies et, parfois, des églises. Nogent-sur-Marne, Lorient, Aix-en-Provence, La Roche-sur-Yon, Mitry-le-Neuf...

Chaque fois, ils retrouvaient leurs amis et découvraient d'autres personnes avec qui ils créaient des affinités. Le cercle s'agrandissait.

Elsa et lui plaisantaient en disant qu'ils avaient trop d'amis parce qu'ils devaient être trop sympas. Que, s'ils étaient moins cool, ils seraient moins sollicités.

Ce qu'ils préféraient, c'était débriefer après la soirée. Ils avaient constaté que les seuls éléments que l'on retenait vraiment concernaient la beauté de la mariée – le marié, lui, était vraiment accessoire – et si le champagne était bon – et qu'une réception avec un seul verre de champagne au dessert, c'était risquer l'émeute des jeunes et des vieux.

Ils auraient pu écrire un *Guide du routard du mariage*. D'ailleurs, juste après cet été 2010, Guillaume avait demandé la main d'Elsa. Ils essayaient de faire un bébé et, visiblement, ça ne venait pas tout de suite, sans pour autant les inquiéter. Si Elsa avait envie depuis longtemps de se marier, elle ne lui mettait aucune pression. Et lui avait fini par se rendre compte que s'unir ainsi, ça n'était pas s'emprisonner, c'était s'offrir beaucoup de liberté. La confiance irraisonnée et irraisonnable mise dans un tel engagement donnait une dimension supplémentaire à la relation. Il aimait Elsa plus que tout. À l'époque, il voulait lui faire cinq enfants, au moins. Après la naissance de Timothée en 2012, ils avaient décidé que quatre suffiraient. Et depuis l'arrivée d'Alice en 2014, ils trouvaient que trois, finalement, c'était parfait. Elsa attendait leur petit troisième, un bébé dont ils ne voulaient pas savoir le sexe.

Guillaume avait fait sa demande sur un coup de tête. Adieu le romantisme, le genou à terre et la bague dans un écrin. Les larmes de joie d'Elsa à chaque « Oui, je le veux », sa manière d'aimer les autres très fort, sa façon de rayonner dans sa vie avaient eu raison de sa raison à lui. Alors qu'ils rentraient à pied de la fête d'anniversaire de leur copain Tristan, où ils avaient largement profité du bar, Guillaume sentit des papillons dans son cœur quand Elsa lui prit la main, comme elle le faisait pourtant tout le temps. Cette sensation, il voulait la vivre toute sa vie en boucle et il avait envie de croire que c'était possible, parce que c'était elle et pas une autre. Il s'était arrêté tout à coup au niveau du port de plaisance de Lorient, qui, de nuit, était finalement l'endroit le plus romantique du coin. Le hasard faisait bien les choses parfois. Devant le regard interrogateur de celle qu'il aimait depuis six ans déjà, il s'était jeté à l'eau : « Tu veux m'épouser ? » Elsa l'avait regardé les yeux ronds en se marrant. « Tu as vraiment trop bu, toi. Normalement, quand tu es saoul, tu viens te coller à moi en me disant : "Je t'aime, mon amour." Tu as fumé aussi ou quoi ? » Sûr de lui, il avait pris son doux visage entre ses paumes et avait articulé : « Je veux me marier avec toi, parce que je veux être saoul, sobre, heureux ou malheureux, peu importe, mais avec toi. » Elsa s'était immédiatement plaquée contre son torse. On imagine souvent de longs baisers langoureux après une demande en mariage, mais non, leurs deux corps ne voulaient plus faire qu'un et elle pleurait tout son bonheur à en hoqueter. Elle avait finalement relâché son étreinte pour l'embrasser encore et encore, ses baisers entrecoupés de « oui », « oui », « bien sûr que oui ». Ils étaient rentrés vers leur appartement du cours de la Bôve serrés l'un contre l'autre. Elsa avait hurlé à un groupe de jeunes croisés sur le trottoir : « On va se marier ! » Le groupe aviné avait crié : « Félicitations ! » et applaudi la nouvelle. Guillaume était toujours épaté par la capacité d'Elsa à partager ses émotions avec le monde entier, lui qui n'osait jamais rien laissser filtrer de son univers intérieur. Elsa avait l'âme comme un miroir, qui permettait à ceux qui l'approchaient d'admirer la meilleure version d'eux-mêmes.

Guillaume se remémorait une à une les unions auxquelles il avait assisté, cherchant dans chaque scène le visage de sa voisine. Sa blondeur semblait trop jaune pour être vraie. Il tentait de l'imaginer avec d'autres coiffures, d'autres couleurs de cheveux, pour voir si l'image se faisait plus nette. Il souriait intérieurement en se disant que, avec le taux d'alcool moyen qu'il avait chaque fois, c'était bien ambitieux de chercher une quelconque réponse dans ce genre de souvenirs…

La jeune femme replia le journal et le posa au-dessus du sac à dos fleuri qu'elle gardait sur la place libre à côté d'elle. Ce mouvement donna l'espoir à Guillaume qu'elle le regarde enfin. Peut-être que, en échangeant un sourire, la mémoire reviendrait ? Peut-être allait-elle le reconnaître et mettre fin à la gymnastique intellectuelle imposée par cette impression de familiarité ?

Non. Elle ouvrit son carnet rose et commença à écrire des choses, à barrer des lignes entières, à tourner des pages sèchement, à soupirer, à consulter son téléphone, pour revenir ensuite à ses notes. Toujours avec cet air concentré qu'elle affichait depuis qu'elle s'était assise. Il émanait d'elle une sorte d'énergie bruyante qui empêchait Guillaume de l'oublier. Dès que ses yeux se tournaient vers le paysage qui défilait, son attention revenait au bout de quelques secondes sur la jeune femme dans sa bulle. Il n'osait même pas bouger les jambes, de peur de la déranger, même si, au fond de lui, il en mourait d'envie. Quant à l'interrompre pour engager la conversation et lui demander : « On se connaît, non ? », il en était absolument incapable.

Elsa, en bonne physionomiste, avait une mémoire d'éléphant. C'était la reine pour reconnaître les acteurs d'une série américaine qui avaient joué dans une autre série déjà regardée ensemble. Encore un talent à mettre au crédit de sa femme. Elle aurait su comment faire pour l'accoster, elle. Et avec son air engageant, nul doute qu'elle aurait déjà découvert le lien qui permettait de reconnecter les souvenirs. D'ailleurs, c'était peut-être via Elsa et son réseau étendu qu'il avait déjà vu cette fille.

Une idée saugrenue lui vint. Certes, Elsa n'était pas là, mais elle était joignable. Il attrapa son téléphone et le plaça devant lui, faisant mine de consulter des messages. Dans cette position, il pouvait cadrer le visage de sa voisine. Parfait pour une petite photo en mode espion. Toujours occupée à griffonner des choses apparemment super-importantes, elle ne s'apercevrait de toute façon de rien.

CLIC.

L'iPhone de Guillaume le trahit à l'instant où il prit le cliché en faisant ce bruit caractéristique. Bravo James Bond ! Pour une fois qu'il faisait un truc qui le sortait de sa zone de confort, il se faisait prendre la main dans le sac parce qu'il avait oublié de mettre le mode vibreur ! Idiot !

Il était devenu rouge tout de suite. Si elle l'avait regardé à ce moment-là, la jeune femme aurait su sans l'ombre d'un doute qu'il avait fait un truc louche. Elle ne bougea pas d'un millimètre. Alors que Guillaume avait clairement entendu le « clic » délateur, elle semblait n'avoir rien remarqué. Il poussa un profond soupir de soulagement et se sentit tellement bête qu'il ne put s'empêcher de se marrer intérieurement. Il fallait le dire, la situation était ridicule ! Sa maladresse légendaire couplée au total désintérêt de sa voisine donnait au moment un côté théâtre de boulevard, qui en ferait une anecdote croustillante à raconter à Elsa. Guillaume dans toute sa splendeur !

Tout fier de sa petite aventure, qui le faisait crever de honte quelques secondes plus tôt, il mit son téléphone sur silencieux et envoya l'image à Elsa. On voyait le visage de la jeune femme, l'air sérieux et fermé, les yeux baissés sur son carnet, le stylo à la main, prête à noter quelque chose. Il y avait quelque chose de très intime dans cette photo. Comme si une partie de son âme filtrait dans ce cliché maladroit façon paparazzi.

Guillaume : On la connaît, mais d'où ?

Elsa : Non, ça ne me dit rien.

G : Mais si, moi, je suis sûr de la connaître !

E : Je ne vois vraiment pas…

G : Tu me déçois…

E : Moi aussi je t'aime.

G : <3

E : Ah si, je sais !

G : QUI ?

E : Une de tes ex…

E : … plutôt pas mal d'ailleurs.

Guillaume se sentit très chanceux, l'humour d'Elsa était une éternelle source de bonheur.

G : T'es con.

E : Moi aussi je t'aime, mais là, je suis en train de gérer le brossage des dents d'Hansel et Gretel.

G : Courage amour, embrasse tout le monde pour moi.

Il savait à quel point ce moment entre la fin du repas et le coucher pouvait être explosif à la maison. Ils l'appelaient le « tunnel du soir ». Timothée devait être en train de courir partout pendant qu'Alice nettoyait l'intégralité du sol de la salle de bains avec un gant de toilette même pas humide pour essuyer ses traces de dentifrice rose… Ça n'était de tout repos pour aucun parent, mais, pour une femme enceinte de huit mois, ça ressemblait à un long calvaire.

Une ex, quelle drôle d'idée quand même.

Une ex. Bordel, une ex ?

Guillaume piqua de nouveau un fard en réalisant que c'était une possibilité. Il remercia le sortilège d'invisibilité qui semblait le frapper en ce moment même. Une ex ?

Il était plutôt beau garçon. Rien de spécial au premier abord, mais son visage extrêmement symétrique et dépourvu d'aspérité marquante donnait l'impression qu'on pouvait le contempler des heures sans s'ennuyer. Et puis il était assez taiseux et ça plaisait aux filles. Le genre dragueur/beau parleur/grande gueule, ça n'était pas lui du tout. Il se rangeait dans la catégorie : « laisser le charme agir », tout simplement parce qu'il n'avait jamais eu à draguer.

Dès l'école primaire, les filles venaient lui déclarer leur flamme par l'intermédiaire de leur meilleure copine. Combien de petits mots sur papier quadrillé avait-il reçus ? Plus que certains dans toute une vie. Comme il avait un bon fond, voulait être gentil et faire plaisir à tout le monde, il disait toujours : « Oui, je veux bien qu'on sorte ensemble. » Ce qui se résumait à s'asseoir côte à côte dans le bus lors des sorties piscine ou des pique-niques. Il se faisait aussi invariablement plaquer sans comprendre pourquoi, mais ça ne le préoccupait pas plus que ça. S'il avait posé la question, les petites filles aux jolies nattes qui l'avaient tant aimé lui auraient expliqué qu'elles avaient besoin qu'il soit plus présent dans leur « couple » et qu'il dise

« je t'aime ». Au moins une fois de temps en temps. Par oral ou sur un petit papier à grands carreaux, peu importe.

Au collège, il avait fui toutes ces histoires de couples qui « sortent ensemble », il n'en voyait pas l'intérêt. Il préférait les escapades à rollers avec ses copains et les discussions à n'en plus finir sur les derniers films empruntés au vidéoclub. La grande époque des VHS... Jusqu'à l'été entre la quatrième et la troisième, où avait commencé sa puberté et où il avait fini par comprendre « l'attrait » des autres garçons pour les filles. En première, il était resté quelques mois avec Marion, la meilleure amie d'Elsa à l'époque. C'était sa première vraie copine. Celle avec qui il avait perdu sa virginité en toute simplicité. Ils avaient « cassé » à la rentrée de terminale.

Pendant l'été, Guillaume avait découvert son pouvoir de séduction. Au camping de la Plage où l'avait emmené sa tante Marinette pour les vacances, il n'avait eu qu'à claquer des doigts. Avec son cousin Josselin et leurs copains du même âge, ils formaient une bande qui ravissait les copines de sa cousine Léa. Le soir, sur la plage, c'était le jeu des chaises musicales version roulage de pelles et pelotage en bonne et due forme. Les peaux bronzées s'aimantaient le temps d'une soirée, parfois plus. Il avait passé deux semaines à enchaîner les conquêtes, à jouir de sa facilité à attirer les filles d'un simple regard appuyé. Ce super-pouvoir de séduction n'avait pas forcément fait briller les meilleures parties de lui. C'était ce que l'on appelle « un petit con ». Il avait embrayé sur une terminale plutôt sage avec quelques flirts sans intérêt. Ensuite, le BTS et ses soirées d'intégration lui avaient redonné un certain attrait. Il était sorti avec Aurélie durant cinq mois avant de se faire plaquer, une fois de plus, pour retourner aux flirts sans lendemain. Lors de son stage à Paris, il écumait les soirées étudiantes plus que de raison et ramenait régulièrement une fille pour la nuit dans sa petite chambre sous les toits. Des « one shot », comme aimaient plaisanter ses potes un peu envieux. Il ne se souvenait pas de toutes les filles croisées à cette époque. Il faut dire qu'il n'était pas exigeant et que, à 20 ans, on se laisse facilement séduire par un joli décolleté ou un regard de braise. Il lui restait de nombreux visages pourtant, quelques prénoms et plusieurs coups de cœur : Julia, Sarah, Anissa, Justine, Eva, Amandine, Sophie, Surya...

Est-ce que la fille assise en face de lui pouvait faire partie des filles « oubliées » de cette époque ? Est-ce qu'elle avait pu lui plaire quinze ans plus tôt ?

Guillaume se concentra une fois de plus sur sa voisine, qui rejeta en arrière sa queue-de-cheval. Visiblement agacée, elle saisit à deux mains la longue mèche jaune pour l'entortiller savamment autour de son crâne. Elle planta son crayon de bois en plein milieu pour faire tenir le chignon ainsi réalisé et se remit à écrire. Guillaume n'avait plus vu personne se coiffer ainsi depuis le BTS. Une fois l'adolescence passée, les femmes ne font plus ce genre de gestes enfantins. Visiblement, ça ne posait aucun souci à la demoiselle.

Non, ça n'était pas une ex. Impossible. Une fille avec une personnalité aussi tranchée, ça ne s'oublie pas. Pourtant, il ne la remettait toujours pas.

Son téléphone vibra.

E : Enfants couchés, mission accomplie, je suis une reine. Mais une reine fatiguée, je t'attends au fond du lit avec Jon Snow.

G : Dis à Jon Snow que tu es mariée, et qu'il ne sait rien de toute façon.

E : Je passe le message et, sinon, si c'est une fille, je voulais te proposer un prénom…

G : Tu vas me rendre dingo. Je croyais que l'on s'était arrêté DÉFINITIVEMENT sur Ava ?

E : Je sais, je sais, mais…

G : Allez, crache-la, ta Valda ! Mais je peux toujours user de mon droit de veto !

E : J'ai pensé à ANNA.

Boum. Retour à la réalité. ANNA.

E : Tu en penses quoi ?

Guillaume prit une minute pour que les battements de son cœur reviennent à la normale.

G : Je pense que c'est parfait.

La maman de Guillaume s'appelait Anne.
Anna, en souvenir de sa mamie qu'elle ne connaîtra jamais.
Anne qui avait disparu à la suite d'un AVC seulement quelques jours avant sa naissance.
Anna, oui, c'était parfait.

Guillaume se sentit soudain à bout de forces. La distraction bienvenue apportée par sa voisine lui avait redonné assez d'énergie pour faire fonctionner son cerveau, mais, là, il n'en pouvait plus. Il n'avait qu'une envie, se téléporter chez lui, dans son lit, où Elsa l'attendait. Il la trouverait sûrement endormie et pourrait se lover contre son corps chaud, rond et familier, pour s'assommer du réconfort dont il avait tant besoin. Il lui restait deux heures de voyage et la meilleure faille temporelle qu'il connaissait était le sommeil. Il regarda une dernière fois le visage étrangement familier et rassurant en face de lui, pensa à sa mère, appuya sa tête contre la fenêtre froide du TGV, puis s'endormit instantanément.

DIANE

« En retard, je suis en retard... »

La rengaine du lapin blanc en musique de fond quelque part dans sa tête, Diane marchait à petits pas pressés une fois de plus. Elle était fatiguée. Fatiguée de tout et, pourtant, il lui fallait toujours courir pour ne jamais réussir à faire tout ce qu'elle avait à faire. « En retard, je suis en retard », un jour, peut-être, elle aurait le temps de se poser, pas aujourd'hui. Si on lui avait demandé, à cet instant même, de quoi elle rêvait, elle aurait répondu une seule chose : partir seule dans un endroit sans réseau et prendre un bain chaud de plusieurs heures en lisant *Dans les forêts de Sibérie* de Sylvain Tesson. Elle n'avait même pas eu le temps d'ouvrir ce livre offert par Olivier en juin dernier pour sa fête.

Elle se faufilait entre les gens moins pressés qu'elle – et ils étaient nombreux à marcher à deux à l'heure, comme si le paysage valait la peine de s'y attarder. Relier la station de la ligne 4 à la gare ferroviaire par les souterrains et le long tapis roulant lui coûtait une énergie démesurée. Quand elle avait un peu plus de temps devant elle, elle préférait sortir tout de suite du métro et finir le chemin à pied en passant devant les commerces, comme pour prendre une dernière bouffée d'air parisien avant de rejoindre sa destination. Mais aujourd'hui, « en retard, je suis en retard », elle ne pouvait s'accorder cette pause. Montparnasse, je fonce vers toi !

Elle traînait sa petite valise rouge derrière elle, affichant un large sourire chaque fois qu'elle manquait de rouler sur les pieds de quelqu'un. Toute une vie ou presque de Parisienne lui avait appris que sourire lui faisait gagner du temps dans ces cas-là. Parfois l'ignorance totale fonctionnait très bien aussi. En bon caméléon qu'elle était, elle savait adapter son attitude à ses besoins.

Après sa dispute avec Olivier, il ne fallait vraiment pas qu'elle se frotte à qui que ce soit. Elle était en retard et en colère. Et quand on connaissait Diane, on savait que ses colères pouvaient se révéler dévastatrices pour elle et pour son entourage.

Elle voulait l'attraper, ce train, parce qu'elle savait qu'elle n'aurait pas la patience d'attendre le suivant. L'attente la rendait dingue, surtout en ce moment. On la faisait attendre tout le temps, on lui disait inlassablement : « Sois patiente, ça va venir. » Mais elle n'avait jamais été patiente. Elle voulait tout, tout de suite. Elle mettait toujours tout en œuvre pour ne pas patienter et, ces derniers mois, l'attente lui bouffait carrément la vie.

Dans son état de nervosité actuel, elle aurait pu coller une beigne à n'importe qui. Elle aurait aimé être plus mesurée, plus douce, comme le lui conseillait ses proches. Mais c'était plus fort qu'elle. Il ne fallait pas la titiller quand elle ressassait. Elle se transformait en TNT et le moindre accroc sur la route pouvait la faire exploser – avec dommages collatéraux, évidemment. Ne jamais chercher Diane, ou vous risqueriez de la trouver, ses amis et sa famille étaient tous au courant.

Quand elle avait 18-20 ans, elle écumait les boîtes parisiennes et les soirées étudiantes avec ses copines de fac. Elle avait une belle réputation de picoleuse – et ça n'était pas usurpé. C'étaient souvent ses copines qui se faisaient draguer. Plus sexy qu'elle, plus fragiles aussi. Diane préférait se donner un air inaccessible, et parfois, cela l'isolait. Il fallait parler avec elle pour oublier son air revêche, qui n'était qu'une façade ; après, soit on l'adorait, soit on la détestait. Elle rentrait finalement souvent seule de ces sorties nocturnes, mais ça lui convenait. Un de ces soirs, au Globo, un groupe de types avinés tournait lourdement autour de ses copines Julie et Agnès. Après avoir ri à leurs blagues en les envoyant gentiment balader, les filles avaient décidé de lever le camp et se dirigeaient vers la sortie. L'un des gars les avait suivies jusqu'au comptoir du vestiaire pour continuer la discussion, qui n'en était pas une. Il laissait traîner ses mains avec trop d'insistance sur la taille d'Agnès, qui se débattait poliment pour ne pas envenimer la situation. Diane avait vu rouge fluo. « Tu la laisses, elle te dit non, tu la lâches et tu retournes voir tes potes. » Son ton ne laissait aucun doute sur sa détermination. Le type avait pouffé en lui rétorquant : « C'est des allumeuses, tes copines. Des grosses putes ! » Bim, du haut de son 1 m 61 amélioré grâce à ses talons de 8 cm, Diane lui avait collé un coup de boule magistral dans le menton. Pas de quoi blesser le gars, mais suffisamment démonstratif pour le toucher dans sa virilité. Il allait l'empoigner par le tee-shirt quand elle s'était sentie soulevée du sol. Le videur l'avait attrapée par les épaules et la déplaçait comme une poupée de chiffon à l'autre bout du vestiaire. Tout en pédalant frénétiquement dans le vide, elle lançait au gars : « Tu traites pas mes copines de putes, viens là, espèce de merde ! » Amusé, le videur avait renvoyé l'importun jouer plus loin et avait rendu Diane à ses copines estomaquées.

Une fois sorties du Globo, elles furent prises d'un fou rire d'anthologie. « Non, mais, t'es partie en sucette d'un coup ! J'ai vu ta tignasse qui s'envolait dans la tronche du mec ! C'était ri-di-cule ! T'es vraiment barge ! » « Le type, il était tellement vexé que je crois qu'il ne parlera plus jamais à une fille en boîte ! » « Attends, le gars, tu lui dis non, il s'accroche comme un pitbull ! Il n'avait qu'à pas vous traiter de putes ! Jamais tu traites mes copines de putes ! Ça va pas ou quoi ! »

Plus de quinze ans après, l'anecdote ressortait invariablement quand Diane revoyait Agnès et Julie. Et elles en riaient comme à l'époque. Diane ne regrettait absolument pas ce geste. Elle referait la même chose, avec le même panache grotesque, à quiconque oserait insulter ses amies ainsi. On pouvait dire plein de choses sur elle, elle s'en fichait la plupart du temps, mais il ne fallait pas toucher à ceux qu'elle aimait. Le jour où elle aurait des enfants, elle se transformerait sans nul doute en mère-louve. Et pour le moment, elle se sentait capable de mettre un coup de boule à quiconque essaierait de lui chercher des noises.

Le long couloir au tapis roulant enfin traversé, il lui restait encore à gravir les deux étages pour atteindre la gare. Finalement, elle n'était pas si en retard que ça, elle était même largement dans les temps. Pourquoi se mettait-elle systématiquement la pression quand elle avait un train à prendre ou un rendez-vous ? Elle s'arrêta dans les escaliers mécaniques pour reprendre son souffle et rezipper la fermeture Éclair de sa petite valise rouge, qui avait tendance à descendre. Le mois dernier, une dame lui avait couru après dans la rue pour lui dire qu'elle semait ses culottes comme le Petit Poucet ses cailloux. Ouf, elle était sur le départ, c'était donc des culottes propres, mais bon, quel manque de classe. Il faudrait vraiment qu'elle songe à changer de valise ou à la faire réparer. Quand elle aurait le temps, hein. Une chose de plus à ajouter à sa to do list longue comme le bras.

Une fois arrivée à l'étage, elle fila directement acheter des magazines à lire dans le train. Devant le relais presse bondé, elle fut découragée par les voyageurs encombrés de leurs bagages dans les allées. Pas l'énergie de se glisser entre eux avec sa valise. Pas l'énergie de ramasser ses culottes au milieu de cette foule. Elle attrapa juste *Le Parisien* du jour dans le présentoir de l'entrée et fit la queue à la caisse en préparant sa monnaie avant d'ajouter un Mars. Elle ne comprenait pas pourquoi les gens ne faisaient pas tous ça, surtout dans une gare, où tout le monde est plus ou moins pressé. Ça éviterait tellement d'attente, en plus de faciliter la vie de chacun. L'être humain serait sûrement plus zen s'il était mieux organisé. Vu son état de stress, elle prit conscience qu'elle n'était pas tout à fait de bonne foi. Mais, bon sang, elle ne pouvait pas se presser, cette femme, qui cherchait mollement son porte-monnaie au fond de son sac à main au moment de régler ses achats ? Diane soupira bruyamment pour manifester son mécontentement, même si elle avait le temps et que le quai de son train n'était pas encore affiché. Elle savait son attitude odieuse, mais elle ne pouvait pas s'en empêcher.

Elle finit par réussir à payer et fila comme une fusée vers le tableau d'affichage pour… attendre. Et comme 90 % des gens seuls dans cette situation, elle sortit son téléphone. Elle consulta ses mails en ouvrant une à une ses trois boîtes de réception. Rien de nouveau sous le soleil de Gmail, à part le message de son rédacteur en chef qui lui validait ses sujets pour la semaine suivante. Bonne nouvelle : ses futurs articles ne nécessitaient pas de déplacement. Elle pourrait souffler un peu après ce reportage en Bretagne. Elle prendrait ce fameux rendez-vous à la clinique dans la sérénité. Pensée qui la ramena subitement à son attitude lâche lors de la discussion avec Olivier.

Elle prit son courage à deux mains et appela son compagnon, en espérant qu'il veuille bien répondre après la scène du 2 qui s'était jouée quelques heures plus tôt.

Le portable d'Olivier sonna, mais il ne décrocha pas. Elle téléphona alors sur le fixe de l'appartement. Même chose.

Diane avait la gorge tellement serrée qu'elle aurait eu du mal à parler de toute façon. L'absence de réponse d'Olivier la soulagea presque. Elle le trouvait tout aussi juste qu'injuste. Elle avait bien conscience de ses torts, mais elle avait l'impression de ne jamais en faire assez.

Son train s'afficha sur le tableau.

QUIMPER – TGV 8741 – Départ 18 h 56 – VOIE 6

Elle vit la foule se déplacer vers le quai indiqué. Elle aurait dû la suivre. Pourtant elle se sentit paralysée, incapable de faire le moindre mouvement.

Elle rangea son portable dans la poche de son ciré. Elle sentit que quelque chose se jouait, là, maintenant. Si elle avait été l'héroïne d'une série américaine, la caméra en plan serré aurait dézoomé sur elle au ralenti : elle, immobile, alors que le monde continue sa course. Elle avait elle-même l'impression de sortir de son corps et de se voir de l'extérieur, toute petite tache jaune impuissante au milieu de la foule de Montparnasse.

Fallait-il qu'elle monte dans ce train ou qu'elle fasse demi-tour pour retrouver Olivier dans leur appartement du 19e arrondissement ? Fallait-il qu'elle y retourne et qu'ils honorent ce rendez-vous ?

Elle se détestait, là, tout simplement. Mais elle se mépriserait encore plus si elle rentrait chez elle la queue basse, prise en faute. Elle avait envie de la faire, cette sortie sur ce bateau incroyable. Elle la méritait. Et puis, quand elle aurait un bébé, elle ne pourrait plus partir au pied levé.

Elle savait qu'elle jouait avec le feu. Est-ce qu'Olivier allait lui pardonner ou est-ce qu'il laisserait planer la rancœur durant des jours comme il savait si bien le faire ? Il y a quelques mois, Diane s'était offert une soirée filles avec ses copines. Au lieu de rentrer après le restaurant, elles avaient embrayé pour boire un verre à L'Area, comme quand elles étaient jeunettes. Pour une fois que ses copines avaient missionné leurs maris pour s'occuper des enfants, il fallait profiter de l'occasion.

Elle avait voulu prévenir Olivier qu'elle rentrerait tard, mais elle n'avait plus de batterie. Elle avait eu la flemme d'emprunter le téléphone d'une de ses copines, elle passait un bon moment, elle n'avait pas envie de réfléchir. Elle souhaitait juste se laisser draguer gentiment par ce type charmant et sympa qui la faisait se sentir désirable. Sans aller plus loin, juste pour se sentir un peu vivante… Elle avait donc sciemment choisi de ne pas appeler Olivier pour le rassurer. Petite mesquinerie idiote. Elle était rentrée ronde et hilare à 7 heures du mat'. Olivier, qui l'attendait dans la cuisine face à un café, était furax. Malgré ses excuses en bonne et due forme, il lui avait fait la gueule la journée entière. L'ombre de cette incartade avait rôdé de longues semaines dans des remarques passives-agressives. OK, elle l'avait mérité. Mais merde, elle n'était pas parfaite. Et là, elle avait un train qui l'attendait.

Elle empoigna sa valise et fonça vers le quai numéro 6, marchant comme une Parisienne qui sait où elle va. Voiture 12, place 13. En première. On chouchoutait ses équipes à *TV Magazine*. Elle se faufila dans le couloir en souriant pour que les gens se bougent plus vite. Elle n'avait vraiment pas envie de parler à qui que ce soit. Elle honnissait les gens qui l'abordaient dans le train. Elle voyait le TGV comme une bulle, un endroit où elle pouvait lire le journal, regarder des séries, être seule, sans stimulations extérieures. Depuis le voyage retour d'un reportage à Marseille passé à écouter un musicien lui raconter par le menu tous ses concerts sans parvenir à l'arrêter, elle avait désormais sa stratégie bien établie pour être tranquille. Elle lançait un « bonjour » à ses voisins sans poser les yeux sur eux – elle ne pouvait renier l'éducation parentale –, puis ne leur montrait aucune marque d'attention durant tout le trajet. Croiser leur regard signifiait mettre fin à sa quiétude. Alors elle se faisait aussi discrète que possible et personne n'engageait jamais la discussion. Ouf.

Elle prit place dans le carré, déjà occupé par un homme, et s'installa confortablement en mettant son ciré sur ses jambes pour avoir chaud. La clim la refroidissait jusqu'aux os et la rendait facilement malade. Puis elle sortit toutes les affaires dont elle aurait besoin pour commencer le voyage, avant de se lancer dans la lecture du *Parisien*. Elle avait ses petites habitudes.

Le Parisien, c'était sa friandise à elle. Elle savait que ce n'était pas bien vu, dans son milieu bobo-écolo, de lire ce journal populaire. Mais ça faisait partie de son ADN. Si elle se considérait comme une vraie Parisienne depuis une dizaine d'années, elle ne pouvait nier son enfance et son adolescence de banlieusarde. Elle avait toujours vu *Le Parisien* à la maison, c'était sa drogue à elle. Premier levé chaque matin, son père sortait invariablement avec le chien à 7 h 15 pour acheter le journal et le pain. Il n'avait jamais voulu s'abonner, parce que, cette sortie-là, c'était son plaisir. Il le compulsait ensuite rapidement au petit-déjeuner et y revenait régulièrement dans la journée, comme on pioche dans une boîte de chocolats restée ouverte. Elle avait commencé à lire le feuillet Val-de-Marne, qui mettait en avant les villes des alentours. Ensuite était venue la fascination pour la rubrique « faits divers », les chiens écrasés, comme on dit grossièrement. Elle aimait le sport, forcément, avec un papa journaliste sportif, c'était un peu écrit, et *Le Parisien* proposait des articles bien ficelés sur le sujet. Ses collègues des pages « télé » ayant souvent des exclusivités, elle se devait d'autant plus de les lire pour ne rien laisser passer. Bref, c'était une lecture qu'elle aimait, tout en l'assumant moyennement. C'est pourquoi, à la rédaction, quand sa journée de travail commençait, elle prenait toujours *Libé* ou *Le Monde* en premier dans la grosse pile de journaux. Elle les feuilletait rapidement avant de se plonger pour une vingtaine de minutes en apnée dans son *Parisien*. Pour avoir les idées claires chaque matin.

Il était 18 heures et le train partait dans quelques minutes. Elle allait pouvoir s'adonner à son plaisir inavoué en toute tranquillité. Personne de sa connaissance en vue pour la juger.

En une s'étalait un immense « EUPHORISANT ». Paris s'était vu attribuer les JO de 2024 la veille, ça n'était pas une surprise, mais c'était officiel.

En 2024, elle aurait 42 ans. Est-ce qu'elle travaillerait toujours pour *TV Mag* ? Est-ce qu'elle parviendrait à avoir une accréditation pour travailler sur cet événement incroyable ? Est-ce qu'elle aurait des enfants, en 2024 ? Si elle tombait enceinte maintenant, son bébé naîtrait en juin 2018. Elle pourrait alors être la maman d'un enfant de 6 ans durant les JO…

Elle continua sa lecture attentive jusqu'à la page 19, rubrique « faits divers ». Elle espérait des nouvelles de l'affaire « Maëlys », cette petite fille de 8 ans disparue fin août à un mariage. Rien, pas une ligne. Deux des cinq brèves parlaient d'un meurtre et d'agressions au cri d'« Allah akbar ». Les deux coupables présumés fréquentaient les hôpitaux psychiatriques. Depuis quelques années, depuis Mohammed Merah, depuis *Charlie*, depuis le Bataclan, depuis tous ces dingos qui se réclamaient de Daesh, Diane s'attardait moins sur ces pages qui l'avaient tant fascinée auparavant.

Elle referma *Le Parisien* sur la page des mots fléchés. Elle se les réservait pour plus tard, c'était peut-être ce qu'elle préférait dans le journal, ce rendez-vous qui lui faisait se sentir vive d'esprit.

Elle prit son carnet rose, sorte d'agenda à qui elle confiait ses ressentis face à l'attente et dans lequel elle notait tous les paramètres relatifs à son projet bébé. Elle le remaniait sans cesse. Quand elle y écrivait des choses qui lui paraissaient idiotes quelques jours plus tard, elle ne se gênait pas pour les barrer. Grâce à une application sur son smartphone, elle analysait l'évolution de ses cycles et retranscrivait tout dans son carnet. Une vieille habitude, elle avait besoin de voir les choses sur papier pour les rendre réelles. Tout ça pour en conclure chaque fois que ses cycles n'avaient aucune régularité. Entre vingt-sept et trente-deux jours selon les mois. Et dès le vingt-septième jour sans règles, elle ne pouvait s'empêcher de faire un test urinaire, sachant pertinemment que c'était sûrement trop tôt. À elle seule, elle devait avoir sponsorisé un poste à plein temps au laboratoire qui les fabrique. Même chose pour les tests d'ovulation.

Son impatience lui coûtait une vraie fortune, mais ces petites béquilles lui épargnaient l'espoir déçu qui fait si mal.

Entre deux notes, elle repoussait régulièrement sa queue-de-cheval, qui lui chatouillait l'épaule. Ça l'énervait au possible, cette couette jaunasse et effilée qui se rappelait sans cesse à elle. Coucou, je suis là, tu ne peux pas m'oublier.

Ses cheveux longs commençaient à lui peser physiquement et moralement. Elle ne savait plus quoi en faire. Laissés libres, ils pendouillaient, l'air triste. Attachés en natte, ils ressemblaient à une queue de vache. Elle épinglait de jolies coiffures de tresses et de chignons sur Pinterest. Des trucs sublimes qu'elle était bien incapable de reproduire toute seule. Alors elle les ramassait en queue-de-cheval haute, comme une ado des années soixante. Francis, un ancien collègue, lui avait dit une fois que ça lui allait bien, que ça dégageait son visage et mettait en valeur son port de tête. Elle sentait bien que ce n'était pas une coiffure habituelle pour une femme de son âge, mais elle s'en fichait royalement. Tout comme elle se moquait du regard des gens quand elle arborait son ciré jaune poussin dans les rues grises de Paris. Idem pour son sac à dos à fleurs so kawaii plutôt destiné aux gamines de 10 ans, mais qu'elle assumait totalement.

Elle portait ses cheveux longs et abîmés comme un fardeau, alors qu'ils comptaient tant dans sa démarche, qu'ils étaient un emblème de sa détermination.

Trois ans auparavant, alors qu'elle urinait pour le sixième mois d'affilée sur un test de grossesse qui allait virer négatif, elle avait fait un pari à la noix avec elle-même. C'était la reine pour ce genre de trucs au quotidien. Si j'arrive à avoir le feu vert, c'est qu'il m'aime. Si je ne marche que sur les clous quand je traverse, ça veut dire qu'il va m'appeler. Si je ne grignote pas de chocolat pendant tout l'après-midi, je vais avoir ce poste... Après une énième déception, elle avait pris une décision dans le secret de sa salle de bains : tant que je ne tombe pas enceinte, je ne coupe pas mes cheveux. Point barre.

C'était en même temps un défi sympa qu'elle se lançait, s'était-elle dit, car elle rêvait d'avoir les cheveux longs depuis longtemps sans avoir jamais la patience de les laisser pousser. Il y avait toujours cette phase entre le court et le mi-long qui l'insupportait et où elle filait chez le coiffeur. Elle n'imaginait pas, à l'époque, qu'elle en serait encore là trois ans après. Têtue et superstitieuse – bien qu'elle s'en défende –, elle était persuadée que, si elle rompait ce vœu, elle ne pourrait jamais avoir de bébé avec Olivier. Alors elle tenait bon.

Et ça n'était pas facile. Non seulement elle avait le ventre douloureusement vide, mais, en plus, elle se traînait cette coiffure qui ne lui ressemblait pas, qui ne ressemblait à rien tout court. Malgré les moqueries de ses copines, malgré l'incompréhension d'Olivier face à cette fantaisie capillaire, elle ne pouvait se résoudre à aller chez le coiffeur. Ce secret, il était à elle, rien qu'à elle.

Le jour où elle verrait enfin apparaître le +, elle en ferait un cérémonial. Elle prendrait rendez-vous chez Bertrand, son coiffeur chéri du Marais. Elle se sentait belle dans ses yeux, il aimait la mettre en valeur. Il avait ce don pour confectionner la couleur exacte qui sublimait son teint et la coupe qui affinait son visage aux rondeurs enfantines. Elle aurait été mortifiée de le croiser dans la rue par hasard avec sa queue-de-cheval usée... Elle irait donc voir Bertrand pour qu'il lui fasse une jolie coupe courte ou un carré long, elle le laisserait choisir. Puis, elle préparerait un petit dîner en amoureux pour Olivier dans leur jolie cuisine au sol pavé de mosaïques. Elle servirait deux coupes de champagne et, après avoir trinqué, elle reposerait la sienne en disant : « Tu vas pouvoir boire pour moi pendant les neuf prochains mois. » Elle visualisait chaque image de cette scène dont elle avait dessiné mentalement le story-board idéal.

En attendant, elle portait sa tignasse effilée comme on marche à genoux jusqu'à Lourdes. Avec souffrance et abnégation, puisqu'il fallait en passer par là.

Finalement, elle coupa la chique à sa queue-de-cheval en l'entortillant en chignon et en la bloquant d'un geste sec avec son crayon à papier.

Dans son carnet rose, au nom prédestiné, elle l'espérait, elle consignait aussi les relations sexuelles qu'elle avait avec Olivier. Un mois, ils espéraient augmenter leurs chances en ne faisant l'amour que lors des périodes d'ovulation, le suivant, ils essayaient tous les jours, voire plusieurs fois par jour, au cas où. Ils étaient pourtant intelligents tous les deux, enfin, ils aimaient à le croire, mais, face à cette attente qui s'éternisait, ils perdaient le sens commun. C'était d'une tristesse infinie, cette manière de faire l'amour dans le seul but de faire un bébé. Ce n'était plus tout à fait faire l'amour. C'était comme faire ses devoirs. Comme une obligation. Ils y perdaient l'excitation et le plaisir. Même Olivier avait du mal. Les pannes se faisaient régulières, et elle ne pouvait s'empêcher de lui en vouloir un peu, quelque part bien au fond d'elle, dans cette partie pas très reluisante qu'elle n'avait pas envie d'explorer.

Elle ne parlait à personne de cette épreuve, puisque, il fallait bien l'avouer, c'en était une. Ni à ses parents, ni à ses amies. Elle avait l'habitude d'affronter le dur toute seule. Elle ne voulait pas épiloguer sur ce projet bébé. Tout le monde savait qu'ils essayaient, mais Diane avait été très claire après la première vague de « sois patiente » et de « tu tomberas enceinte quand tu arrêteras d'y penser tout le temps », elle ne voulait plus qu'on lui serve le couplet classique. « C'est tabou, laissez-moi tranquille, je vous en parlerai si j'ai envie ou besoin. » Alors elle déversait largement le fond de ses pensées dans son petit carnet rose. Maigre soupape à sa frustration. En consignant tous ces paramètres, tristes petits indicateurs, elle se donnait l'illusion de maîtriser quelque chose, alors qu'elle était profondément perdue.

Elle notait aussi ses tentatives de changement d'habitudes. Elle avait, par exemple, modifié son régime alimentaire et bu des jus de légumes tous les jours pendant une longue semaine, après avoir lu un article sur « les aliments qui boostent votre fertilité », mais elle n'avait pas résisté longtemps à ses envies de junk food. Quitte à être malheureuse, autant se consoler avec de la nourriture bien grasse.

Il y avait pourtant une page qu'elle affectionnait particulièrement. La dernière, celle qui était isolée de toutes les pensées bouillonnantes, des dates et des déceptions. Celle où elle recopiait avec soin les prénoms qu'elle aimait. Une colonne pour les filles. Une pour les garçons. C'était doux, de lire ces prénoms qui s'alignaient les uns sous les autres comme de possibles petits êtres.

C'était la page qui attisait l'espoir et relançait la machine, même quand elle était au trente-sixième dessous.

Diane avait beau essayer d'avoir un enfant depuis plus de trois ans et demi, elle n'avait pas encore réussi à se fixer sur ses préférés. Parfois, quand elle en découvrait un qui lui sonnait joliment à l'oreille et au cœur, elle le glissait à Olivier avec gourmandise après l'avoir inscrit. Ces derniers temps, elle n'osait plus trop partager ses pépites, le sujet était trop sensible. Parler bébé avec Olivier, c'était ajouter un parpaing au mur qui se construisait entre eux.

Sa mère aimait lui raconter comment elle avait choisi le sien à l'époque. Dans la voiture vers la maternité, alors que les contractions montaient doucement, mais sûrement, et qu'un prénom de chaque sexe avait été choisi, la radio avait diffusé « Moi, si j'étais un homme » de Diane Tell. Entre deux salves de douleur, sa mère avait dit à son père : « Tu y tiens tant que ça, à Élodie ? Parce que je crois que je préfère Diane. C'est plus rare, Diane, ça fait plus noble qu'Élodie, non ? » Complètement dépassé par l'événement qui s'annonçait et trop occupé à ne pas griller les feux rouges, il avait simplement répondu : « Oui, oui, tout ce que tu veux, Diane, c'est parfait, ma chérie. »

Est-ce que la vie de Diane aurait été différente si elle s'était appelée Élodie ? Ou si la chanson « Aline » était passée à la radio à cet instant-là ?

Car oui, elle en était certaine, un nom, ça vous forge une personnalité, et son prénom, elle y tenait farouchement.

Diane comme la déesse chasseresse. Elle sentait en elle cette énergie qui la faisait avancer comme un bulldozer. Elle savait que ce prénom lui avait donné une force de vie dès la maternité – où elle en avait eu sacrément besoin.

Diane comme Diane de Poitiers, la favorite d'Henri II, pour qui il fit construire le château d'Anet. Elle connaissait sa capacité à séduire quand elle l'avait décidé. Elle n'en abusait pas comme certaines peuvent le faire. Elle n'aimait pas voir des hommes languir à ses pieds. Elle les voulait forts et fiers, elle ne jouait pas avec ceux qui pouvaient se laisser écraser.

Diane comme Diana, la princesse rebelle. C'était d'ailleurs un de ses surnoms au lycée : Lady Di. Elle avait 15 ans quand la princesse était morte durant l'été, alors, à la rentrée, les copains s'en étaient donné à cœur joie ! Quand elle passait près du pont de l'Alma, elle avait toujours une pensée tendre pour son homonyme.

Diane comme la voiture. L'iconique Citroën de la génération de ses parents, dont la fabrication s'était arrêtée un an après sa naissance. Son père avait longtemps caressé l'espoir de posséder une Dyane Méhari sans jamais sauter le pas.

Diane, aussi, comme Diane 35, la pilule qu'elle avait prise durant tant d'années. Ça l'avait fait rire, lors de la première prescription, avec son gynécologue. « Avoir une pilule qui porte votre nom, c'est un bon moyen pour ne pas oublier de la prendre ! » Et c'était vrai, elle avait méthodiquement avalé son petit comprimé tous les soirs et, à la différence de nombreuses copines, elle n'avait jamais eu d'« accident ». Elle avait eu de la chance, finalement. Elle avait pris cette pilule durant quatorze ans. Deux septennats. Elle lui faisait une jolie peau et lui permettait de contrôler sa fécondité. Youpi.

Mais, quand même, Diane se sentait en droit de demander comment on faisait pour tomber enceinte quand on portait le prénom d'une pilule depuis trente-cinq ans.

En caressant du doigt la liste de ses prénoms préférés, Diane se demanda une fois de plus comment elle avait pu zapper ce rendez-vous à la clinique. Était-ce vraiment juste lié à la fatigue, ou est-ce qu'il y avait quelque chose de plus profond ? Qu'est-ce qui ne tournait pas rond pour qu'elle s'auto-sabote ainsi ?

Elle préféra refermer son carnet rose, espérant laisser sa querelle avec Olivier entre les pages noircies par son écriture en bazar. Stop, on passe à autre chose.

Le TGV filait à une vitesse impressionnante. Diane espérait qu'il n'aurait pas de retard et que le taxi serait là à l'heure pour l'emmener à l'hôtel. Elle n'aurait pas le courage de patienter sous la pluie, comme l'annonçait l'appli météo sur son téléphone. Arriver sous une averse en Bretagne en ciré jaune, pouvait-on faire plus cliché ? Peut-être pas, mais elle possédait cette capacité à s'assumer telle qu'elle était, dans l'ultra-conventionnel ou dans l'extraordinaire.

Son Mars trônait toujours à côté de son *Parisien*. Elle l'avala en trois bouchées. Une pour papa, une pour maman, une pour…

Elle hésita entre les mots fléchés et une série. Ayant la flemme de sortir son ordinateur, elle attaqua avec délice son petit plaisir intellectuel. La jouissance de voir cette page pleine de cases blanches à remplir n'avait d'égale que la joie de refermer le journal une fois toutes ces cases grisées de lettres. Sans aucune rature, c'était le must, mais c'était rare. Diane fonçait bien trop pour avoir tout bon du premier coup.

Quand elle était étudiante en école de journalisme, sa petite bande avait pris l'habitude de déjeuner dans une salle de classe. Diane aimait faire ses mots croisés entourée par cette joyeuse agitation. Mais les mecs ne pouvaient s'empêcher de lire par-dessus son épaule et de lui souffler des mots. Insupportable. Un midi, agacée au possible, elle avait fait des photocopies de la page « jeux » pour tout le monde. Voilà, une grille chacun et laissez-moi tranquille ! C'était devenu un rituel et même une compétition. Tout le monde retournait sa feuille en même temps et le premier qui terminait avait gagné. C'était gai, vivant, et tellement bon de faire partie de cette équipe hétéroclite. C'était ça, aussi, qu'elle venait chercher en faisant religieusement ses mots fléchés quotidiennement : l'émulation couplée au souvenir du bon vieux temps.

En butant sur un mot, elle ne put s'empêcher de lever la tête, comme lorsqu'elle cherchait l'accroche de ses articles en salle de rédaction. Elle surprit une image à laquelle elle ne s'attendait pas. Face à elle, son voisin dormait paisiblement, la tête appuyée contre la fenêtre, tandis que la climatisation faisait bouger légèrement la courte mèche de cheveux qui caressait son front.

Il dormait comme une pierre, le visage détendu, la bouche légèrement entrouverte. Beau. Elle le trouva élégant et touchant, cet homme complètement abandonné à son sommeil. Quelque chose dans sa présence lui paraissait familier. Il devait avoir son âge, peut-être un peu plus vieux qu'elle, mais pas encore 40 ans. Ses cheveux courts étaient du blond foncé qu'ont les enfants qui vieillissent. Ce blond presque blanc, qui évolue en blond doré à la préadolescence, pour devenir blond cendré à l'âge adulte. Les gamins solaires qui attiraient l'œil de tous se transformaient doucement en adultes sans relief, au blond éteint. Çà et là, quelques cheveux gris brillaient au niveau de ses tempes. Le soleil éblouissant d'antan laissait place à la lumière plus diffuse et argentée de la lune. Son visage long était marqué d'une fossette au menton et d'une ride du lion gravée entre les yeux. Ses sourcils formaient deux arcs fournis bien dessinés. Ses cils longs, mais assez clairs, soulignaient sa blondeur passée. Son front lisse tant qu'il dormait devait certainement se plisser quand il parlait. Sa bouche charnue frémissait régulièrement, signe de son voyage au pays des rêves. Son cou, contorsionné vers la droite, laissait deviner une pilosité légère qui ne nécessitait pas un rasage quotidien. Ça avait l'air de sentir bon, juste là. Diane eut très envie d'y enfouir son nez et de s'y endormir pour quelques semaines.

Il portait un costume noir sur une chemise marron dont seul le dernier bouton était ouvert. Il avait de belles mains, longues et fines. Des mains de pianiste, avec un anneau fin doré à l'annulaire. Diane constata avec une pointe d'amertume que c'était l'annulaire gauche qui portait cette bague. Réaction qu'elle méprisa instantanément.

L'homme engendrait chez elle un mélange de sentiments étranges. Il lui rappelait quelqu'un ou, plutôt, elle avait l'impression de le connaître. Elle le trouvait séduisant, rassurant même, alors qu'elle ne lui avait pas accordé un regard quand il était réveillé. Elle qui se targuait d'être plus sensible au charme et au charisme des personnes qu'à la plastique pure se laissait émouvoir par la beauté d'un profil assoupi. La contemplation de cet homme endormi l'appelait au calme et à la tendresse. Elle rêvait de se blottir contre ce torse large qui se levait doucement à chaque respiration.

Diane se faisait souvent des films avec les gens. Son imagination fertile partait loin et, si elle était d'une fidélité biblique à Olivier, elle n'en était pas moins partie chercher des fantasmes à l'extérieur ces derniers mois. Elle se contentait de faire vivre les histoires sensuelles ou sexuelles dans son cerveau ; elle n'engageait rien qui lui fasse courir le risque de tromper Olivier. Elle avait couché avec un autre une fois, au début de leur histoire. Elle se demandait s'ils étaient prêts à habiter ensemble, elle avait peur de s'engager, de renoncer à trop de choses. Le soir de l'enterrement de vie de jeune fille de Jess dans un bar du 10e, un type charmant lui avait joué le grand jeu de la séduction, tout ce qu'elle détestait habituellement. Après l'avoir observée de loin, lui avoir payé des verres et répété à quel point elle était belle, il lui avait susurré à l'oreille : « J'ai envie de te faire plein de choses, là, tout de suite. » Devant la mine surprise mais consentante de Diane, il lui avait pris la main et l'avait entraînée dans l'arrière-cour. Électrisée, elle l'avait laissé faire. Elle avait fermé les yeux et gémit longuement. Elle avait besoin de lâcher prise, de faire un truc un peu trash avant de s'engager vraiment avec Olivier. Elle n'en était pas fière, pourtant elle ne regrettait pas cette incartade. Ça restait encore un bon carburant pour sa machine à fantasmes et faisait aussi office de vaccin. Une aventure comme ça, c'était cool, une autre, ça serait glauque.

Alors oui, elle ne couchait qu'avec Olivier et c'était de lui qu'elle voulait un bébé, mais son plaisir, elle le trouvait en piochant le visage de ses amants dans la rue. Et souvent, elle se retrouvait dans l'arrière-cour du bar, où elle sentait les mains de l'inconnu courir sur elle et où elle râlait encore de plaisir dans ses rêves, même plusieurs années après.

Cet homme en face d'elle, il lui semblait confusément l'avoir déjà rencontré quelque part. Plus elle le regardait, plus elle avait la certitude de le connaître. Il ressemblait à un copain de Julie. Peut-être au frère de celui-ci ? N'importe quoi, elle ne savait même pas si le type en question avait un frère…

Elle se demanda s'il lui ferait le même effet une fois réveillé, s'il viendrait rejoindre la collection d'amants virtuels qu'elle convoquait certains soirs de solitude.

Elle hésita à lui mettre un petit coup de pied dans le tibia pour qu'il ouvre les yeux. Elle pourrait s'excuser d'un sourire « pardon, je n'ai pas fait exprès, je suis désolée » et engager ensuite la conversation… Elle voulait entendre sa voix, c'était important, la voix, pour alimenter les fantasmes. Elle entendait encore celle du type du bar lui chuchoter : « J'ai envie de te faire plein de choses. »

De peur d'être déçue, Diane ne bougea pas d'un pouce.

Elle replongea le nez dans ses mots fléchés sans grande conviction. « Grosse poutre » en quatre lettres la fit rougir de honte quand son cerveau pensa instantanément à un mot très explicite. Non, vraiment, elle ne savait pas faire des bébés, mais son appétit sexuel n'était pas en cause. « Exempté » en sept lettres... Voilà qui était plus approprié.

Impossible de se concentrer : ses yeux revenaient sans cesse sur le passager en face d'elle. Qui était-il ? Quel était son prénom ? Où s'étaient-ils déjà rencontrés ? Dans une autre vie, peut-être ? Francis, l'un de ses collègues, lui parlait souvent de ses existences antérieures. Il avait été chevalier de la Table ronde, puis paysan durant la Révolution. Rien que ça. Diane écoutait ses récits avec une tendre attention, alors qu'il passait pour un doux illuminé auprès du reste de la rédac. Elle ne mettait pas en doute ses convictions, même si elle n'y croyait pas une seconde. Elle admirait cette capacité qu'il avait à assumer cette facette complètement fantasque et à se ficher éperdument de l'avis des autres. Francis n'était pas un mentor pour elle, mais une source d'inspiration. Je suis comme je suis, prenez-moi comme ça.

Ce type en face d'elle, c'était peut-être son âme sœur, son frère, son père ou son meilleur ami dans une autre vie... Quitte à rêver, autant rêver grand ! On avait qu'à dire qu'elle était Cléopâtre et qu'il était son Marc-Antoine. Ou elle Guenièvre et lui Lancelot. Pourquoi pas Yseult et Tristan. Voire Diane de Poitiers et Henri II, ça faisait sens. Ou pas.

Un grondement de trompette la sortit de sa rêverie. Son voisin dormait si bien qu'il s'était mis à ronfler à chacune de ses respirations. Pour le fantasme sexy de Marc-Antoine en toge, on repasserait. Elle eut envie de le prendre par la nuque et d'orienter son visage différemment, comme elle faisait avec Olivier. Ce dernier faisait un bruit de sonneur quand il buvait un peu trop, ce qui la tenait éveillée si elle ne s'endormait pas avant lui. Elle lui avait acheté une mousse nommée « silence », à pulvériser dans la gorge avant de se mettre au lit, plutôt efficace, mais pas à 100 %. Top, niveau cadeau romantique !

L'inconnu faisait de plus en plus de bruit et lui donnait furieusement envie de se marrer.

Un bruit plus prononcé entraîna un gargouillis ridicule si sonore qu'elle explosa de rire. Elle ne sut si c'était elle ou ce dernier ronflement magistral qui le réveilla, mais il ouvrit les yeux et les planta dans les siens, provoquant une décharge électrique dans tout son corps. Elle sentit distinctement le flux partir de son cœur pour se diriger en étoile vers son cerveau, la pointe de ses mains et le bout de ses doigts de pied. Foudroyée par l'adrénaline et rouge comme une pivoine, Diane se retrouva figée dans un sourire qui pouvait passer pour moqueur. L'homme, surpris de ce réveil inopiné, semblait totalement décontenancé, comme s'il ne savait pas où il se trouvait. Face au sourire de Diane, il se passa les mains sur le visage à la manière d'un chien qui va éternuer, extrêmement confus, rougissant adorablement lui aussi.

— Pardon, je suis navré.

— Y'a pas de souci, excusez-moi, je ris nerveusement, répondit Diane.

Il sourit à son tour, avec une tête d'enfant pris en faute et qui voudrait se faire pardonner.

Il avait les yeux bleu glacier, d'une transparence infinie. D'une douceur à vous faire chavirer.

Elle ne pouvait s'empêcher de sourire et c'était pareil pour lui.

Elle voyait qu'il la regardait d'un air pas tout à fait normal pour la situation, comme s'il attendait qu'elle lui dise quelque chose. Comme s'il lui indiquait de prendre les choses en main, qu'il la suivrait.

Mais que lui dire après ce premier contact pour le moins comique ?

Je connais un super médicament pour atténuer les ronflements ?

Vous voulez un café pour vous réveiller ?

J'ai envie de vous faire plein de choses, là, maintenant ?

Sans avoir conscience de ce qu'il était en train de se passer, Diane constata que ses lèvres bougeaient toutes seules pour former une question qui, à son ton, n'en était pas vraiment une :

— On se connaît, non ?

ÉLISABETH

ÉLISABETH DÉBOULA EN SALLE DE PAUSE, où régnait une ambiance électrique. Les sages-femmes, les infirmières et les panseuses discutaient avec énergie du coût de la vie, du gel des salaires des fonctionnaires et de la grève. Les unes terminaient leur journée, les autres prenaient leur garde dans un joli bazar. Toutes arboraient des brassards et des bandes autocollantes sur lesquels s'affichaient « GRÈVE » ou « NON AU GEL ». Élisabeth fut accueillie à grand renfort de baisers sonores. Catherine, la cadre de santé, essayait de calmer un peu les esprits avant le week-end et d'organiser le planning de la semaine à venir, même si elle comprenait et partageait l'énervement de chacun.

Cacou, la sage-femme qui avait assuré la journée à la maternité, trimballa son 1 m 50 pour 80 kilos – les médecins l'appelaient « mètre cube » dans son dos, quelle bande de cons – jusqu'à Élisabeth.

— Tiens donc, Babette, encore toi ? lui dit-elle en rigolant.

— Cacou, la prochaine fois qu'il faut débarquer ventre à terre à l'hôpital, tu m'oublies. Je vais devoir vider la cafetière pour tenir la nuit.

— Tu vas voir, tu ne vas pas la regretter, cette garde ! Tu fais équipe avec Dédé et puis…

Tout le monde aimait effectivement bosser avec Dédé, une infirmière sympa et efficace. L'air énigmatique de Cacou intrigua Élisabeth. Et puis quoi ?

— C'est Charlie.

— Quoi, Charlie ? demanda Élisabeth d'un air inquiet.

— Ben, elle accouche, mon p'tit ! Elle est arrivée ce matin.

— Tout va bien ? Comment elle s'en sort ?

— Impec, on va à la maternité, je vais te raconter. Avant ça, je te rappelle qu'on est en grève !

Cacou lui scotcha sur le torse un Elastoplast sur lequel était écrit « SAGE-FEMME EN GRÈVE » au gros marqueur rouge, en appuyant franchement, ce qui lui arracha un petit « aïe » de douleur.

— Oh, mais, quelle doudouille, celle-là ! Tu as une mine de déterrée, ça va, toi ? interrogea Cacou.

Ne lui laissant pas le temps de répondre, ce qui arrangeait Élisabeth qui n'avait pas du tout envie de s'appesantir, elle lança à la cantonade :

— Allez, calmez-vous un peu, vous allez vous faire du cholestérol ! Je vous souhaite une bonne nuit à tous, on file à la mater, nous !

Cacou et Élisabeth traversèrent les couloirs, puis la cour de l'hôpital, qui menait à la petite maternité. Le service était un peu isolé des autres. Comme un microcosme, qui fonctionnait la plupart du temps de manière indépendante avec peu de personnel. Une seule sage-femme et une seule infirmière la nuit, le double en journée. Tout juste de quoi assurer les accouchements et les urgences.

Dans la salle exiguë qui faisait office de poste de sage-femme, l'infirmière Dédé les attendait en touillant mollement son café.

Tout ce petit monde s'embrassa et s'installa autour de la table, où trônait un joli bazar. Un reste de tarte aux pommes, un paquet de spéculoos, un cendrier, un bloc-notes, des stylos de toutes les couleurs dans un pot de yaourt, une tasse de café froid, une boîte en fer remplie de sucre. Élisabeth et Dédé allumèrent une cigarette pendant que Cacou disposait les dossiers des patientes devant elle.

Les transmissions permettaient à l'équipe ayant assuré la journée de faire le point sur les patientes présentes dans le service. Les entrées, les sorties, les transferts, les accouchées encore en salle d'accouchement, les complications, les soins à faire, les personnes à surveiller... Il y avait bien un cahier à spirale pour suivre le fil du service, mais, dans cet hôpital, il était de tradition de le faire aussi par oral afin d'éviter les flous artistiques.

Cacou commença le point :

— Il reste en salle d'accouchement Mme Gabard, qui a donné naissance à son deuxième enfant par voie basse, pas d'épisio. Elle peut remonter rapidement en suites de couches, mais dites-leur d'être attentifs à sa tension, elle a fait une hyper après la délivrance. Mme Vasseur et sa petite viennent, elles, d'être transférées après un accouchement éprouvant de vingt-deux heures. La maman et le bébé se portent bien. RAS.

— Pas d'épisio ? interrogea Babette.

— Non, j'ai pas sorti mon scalpel de l'après-midi ! Côté entrées, une gémellaire à 38 SA est arrivée quelques minutes avant la fin de mon service et attend dans un box. Tout est OK à l'auscultation, l'échographe est passé et tout semblait en ordre. Les contractions sont efficaces et la future maman appréhende plutôt bien la douleur. Je pense que vous pouvez l'installer en salle d'accouchement.

— Qui est de garde côté médecins ?

— L'obstétricien, c'est Langlois. Je l'ai prévenu pour la gémellaire, mais il dînait avec sa femme pour leurs vingt ans de mariage. Il m'a dit de le biper si besoin, je t'ai noté le numéro du resto dans le cahier. L'anesthésiste, c'est de Bourg, qui est bien occupé en salle d'op'.

Le cœur d'Élisabeth fit un salto arrière. « Il » était là ce soir.

— Et puis, notre Charlie est arrivée ce matin à deux semaines du terme pour fissure de la poche des eaux, enchaîna Cacou. Le tampon de prostaglandine a fait le job, il n'y a pas eu besoin de lui coller une perf d'ocytocine, elle a de bonnes contractions régulières, elle est dilatée à 3 et a demandé si de Bourg était de service pour avoir une péridurale. Elle ne se refuse rien !

Élisabeth sentit sa gorge se serrer. Elle avait discrètement fait en sorte d'adapter son planning pour ne pas avoir à travailler avec lui cette semaine. Cette garde inopinée ne lui laissait pas le choix. Charlie voulait la péri, de Bourg passerait fatalement à la maternité.

— Il va venir assez rapidement, enfin, aussi vite qu'un anesthésiste daigne le faire, mais comme il aime bien Charlie, si ça se trouve, il va bouger son cul. En attendant, elle supporte super bien les contractions, le bébé aussi. Michel patiente avec elle, il a l'air paumé, un vrai futur papa ! Je l'ai envoyé à la cafétéria boire un truc avant qu'elle ne ferme.

Charlie travaillait elle aussi à l'hôpital. Elle était infirmière anesthésiste et partageait souvent les gardes d'Élisabeth. Elle était un poil plus jeune qu'elle, mais elles s'entendaient vraiment bien. Après une nuit particulièrement difficile où elles avaient perdu une patiente et son bébé, quatre ans auparavant, les deux femmes étaient devenues amies autour d'un café salé par les larmes ininterrompues d'Élisabeth. Charlie avait touillé le café et séché les joues de sa collègue, avant de lui proposer d'aller noyer ça dans un calva au troquet du coin. Cette cuite de matinée marqua le début d'une longue amitié.

Charlie l'invitait souvent à manger chez elle. Michel, son mari, réussissait particulièrement bien le bœuf bourguignon et il en faisait toujours trop. Enfin, c'était ce que disait Charlie pour décider Élisabeth à accepter ses invitations. Chaque semaine, elles partaient toutes les deux courir dans le parc des Buttes-Chaumont au gré de leurs plannings. Leur jogging commun leur permettait de parler de leurs vies, de se confier, de se conseiller, de déblatérer sur l'hosto... La séance de sport s'apparentait plus à une double psychothérapie qu'à autre chose et ça leur faisait un bien fou. Charlie avait toujours un point de vue franc et bienveillant sur la vie personnelle d'Élisabeth et celle-ci essayait d'être à la hauteur quand Charlie lui demandait son avis sur ses petits soucis de couple. Elles ne feraient jamais le marathon de Paris, c'était sûr, mais elles s'apportaient un soutien et un respect mutuels qui les faisaient toutes les deux avancer.

Charlie, c'était un personnage haut en couleur. Elle avait une grande gueule et, si tout le monde l'appréciait à l'hôpital, on la craignait aussi un peu. Elle était l'une des rares infirmières à se faire respecter par les médecins, car elle n'hésitait pas à les remettre en place. Et il fallait oser : un docteur de l'hôpital public parisien était ce qui se rapprochait le plus de Dieu en termes d'ego. Mais ses raisonnements étaient intelligents et fins, ses colères toujours justifiées, alors ils l'écoutaient et les prenaient en compte. C'était une professionnelle hors pair qui terrorisait les internes, qu'elle rabrouait et ne trouvait jamais assez performants, mais, grâce à elle, ils progressaient plus qu'avec n'importe quel professeur.

Charlie était enceinte de son premier enfant, elle ne voulait pas savoir si c'était un garçon ou une fille, et elle avait décidé d'accoucher à l'hôpital, où elle connaissait tout le monde. Ça la rassurait, avait-elle dit, d'être entourée par des professionnels à peu près compétents – ce qui avait fait marrer toute la maternité : dans sa bouche, c'était une vraie déclaration d'amour.

Arrivée ce matin, Charlie comptait bien accoucher cette nuit. Elle avait poussé un cri de joie en apprenant que Babette prenait la garde de 18 heures, avant d'ajouter qu'elle ne pouvait être en de meilleures mains. Cacou avait trouvé cela un poil vexant. Après tout, elle avait quand même accouché avec succès un nombre de femmes incalculable en vingt-huit ans de pratique, mais bon, elle savait que les deux femmes étaient très proches, c'était un peu normal. Assister Charlie aurait peut-être été trop d'émotions pour elle et ses 52 ans. Heureusement, la retraite pointait au bout du tunnel.

— Ah oui, sinon, c'est le gros bordel, on a plus de berceau ! Y'en a marre, ils doivent les stocker en suites de couches parce qu'ici on en a plus qu'un ! J'ai déjà demandé ce matin, mais ça a pas dû arriver au cerveau. Tu en as un dans la salle de travail 2 où est installée Charlie, mais la nurserie est vide à force de piocher dedans à chaque accouchement pour remplacer ceux qui restent là-haut. Voilà, à vous de jouer, mesdames !

Avant de quitter la maternité, Cacou glissa à Élisabeth :

— Tu te sens bien, Babette ? Tu as vraiment une mine de déterrée.

— Je crois que j'ai mangé un truc qui ne passe pas bien, répondit Élisabeth sans croiser son regard.

— Mouais, en même temps, t'as pas dû beaucoup dormir… Bon, on te confie Charlie ! Allez, bonne garde, ma grande ! J'appelle demain matin pour savoir si elle nous a pondu une fille ou un garçon !

L'infirmière et la sage-femme se répartirent les tâches. Dédé fila prendre les constantes de la gémellaire, en attendant la visite d'Élisabeth. Celle-ci n'avait pu réprimer l'envie d'aller voir Charlie tout de suite ! Le hasard faisait parfois drôlement les choses. Elle se sentait très chanceuse de pouvoir accompagner sa chère amie tout au long de cette nuit, sûrement l'une des plus importantes de sa vie.

M'en allant promener…

DIANE & GUILLAUME

« MESDAMES ET MESSIEURS, DANS QUELQUES MINUTES NOUS arrivons à la gare de Rennes. Mesdames et messieurs, Rennes, 5 minutes d'arrêt. Correspondance pour Saint-Malo, voie 5. Mesdames et messieurs, Rennes, prenez garde à ne rien oublier dans le train. »

Interrompu par l'annonce du contrôleur, le premier échange entre Diane et Guillaume resta en suspens dans l'espace feutré de leur carré.

Diane sentait ses joues chauffer de manière excessive. Elle avait pourtant l'habitude de parler à des inconnus, c'était sa force dans son boulot, justement. Véritable caméléon, elle paraissait aussi à l'aise sur un terrain boueux au milieu de rugbymen « Dieux du stade » que dans un hôtel de luxe à interviewer des stars américaines de *soap opera*. Une émotion bouleversante la transperçait. Pétrifiée par une timidité inconnue, elle aurait facilement pu pleurer sans trop savoir pourquoi. Cette tristesse de petite fille venait de loin, de ses tripes, ça l'emplissait tellement qu'elle se sentait minuscule.

Les voyageurs qui descendaient à Rennes récupéraient leurs valises, enfilaient leurs manteaux, rassemblaient leurs affaires, créant une agitation nouvelle dans le wagon auparavant si paisible.

Guillaume sourit largement à la jeune femme en face de lui, amusé par l'interruption de l'annonce sonore. La voix de sa voisine était conforme à son physique : jeune et intense. Presque gamine. Il l'imaginait facilement monter dans les aigus en cas d'énervement.

Elle ne souriait plus vraiment, elle. La belle assurance qu'elle dégageait dans sa bulle n'était plus de mise. Elle avait soudainement quelque chose de fragile. Elle lui faisait penser à sa fille Alice quand elle n'avait que quelques jours. L'inconnue affichait ce même regard interrogateur, un peu effrayé, mais curieux. Un peu mélancolique aussi. Elle avait quelque chose de l'oisillon tombé du nid, de la princesse en haut de la tour qu'il faut sauver en combattant le dragon, du chaton abandonné que l'on trouve dans un carton, un peu encombrant, mais si vulnérable que l'on ne peut le laisser là, en plan.

Il sentait bien que tout cela n'était pas très normal : leur échange, si l'on pouvait seulement parler d'échange, ne respectait pas les codes habituels. Lui qui avait tendance à se recroqueviller et à laisser les autres prendre les choses en main, se sentait capable de poursuivre la discussion. Sortant de sa réserve, il prit le relais alors que le train ralentissait dans un bruit strident.

— Je crois que oui...

Diane ouvrit des yeux ronds comme des soucoupes. De quoi parlait-il donc ?

Embarrassé par le silence étonné de l'inconnue, mais pas découragé pour un sou, Guillaume continua doucement, le sourire toujours aux lèvres :

— Oui, je crois qu'on se connaît, effectivement.

Elle semblait si chamboulée... Guillaume savait qu'il pouvait faire un certain effet aux femmes quand il jouait la carte séduction, mais ça ne l'intéressait plus depuis longtemps. Et ce n'est pas en ronflant comme un sonneur qu'il avait pu lui laisser penser qu'il la draguait !

— Ah, pardon, je..., répondit Diane en secouant la tête.

Non mais quelle gourde tu fais, ruminait-elle. On aurait dit une ado devant son chanteur préféré.

Pour ne pas la laisser s'embourber, Guillaume continua :

— Votre visage m'est vraiment familier, mais je ne saurais dire d'où je vous connais.

Il avait une voix douce, légère, chaude. Quelque chose de rassurant émanait toujours de lui. Il lui faisait l'effet d'une bouillotte réconfortante. Après avoir eu très envie de pleurer, elle aurait pu s'endormir simplement en fermant les yeux. En fait, Diane constata qu'elle était tout simplement au bout du rouleau. L'image d'un rouleau d'essuie-tout dont on arrache la dernière feuille lui vint fugacement à l'esprit. Elle se reprit.

— Oui, c'est pareil, je crois vous reconnaître, mais je ne remets pas le contexte.

— Ah mince, on est bien avancés, conclut Guillaume un peu déçu.

— On doit avoir des connaissances communes, je ne vois que ça…, ajouta Diane.

— Oui, mais alors là, je ne vois pas non plus.

Il conservait son sourire, espérant l'encourager à continuer la conversation.

Diane l'observait avec intensité, attendant que la connexion se fasse clairement dans son cerveau. Elle faisait confiance à son disque dur. Il continuerait à mouliner sur le sujet alors que, consciemment, elle serait déjà passée à autre chose. Elle sentait le souvenir juste là, prêt à jaillir, comme quand on a un mot sur le bout de la langue qui tarde à venir.

Le train était à quai. Les passagers avançaient en file indienne pour rejoindre la sortie, serrés entre les sièges, tous pressés de descendre. La conversation entre eux aurait pu s'arrêter là. Pourtant, ils sentaient tous les deux que leur entretien allait se poursuivre. Un ange passa. Malgré le brouhaha, ils pouvaient presque l'entendre battre des ailes.

Après avoir jeté un œil à l'extérieur pour suivre machinalement les gens sur le quai, Diane replanta ses yeux dans ceux de l'inconnu. Elle attendit juste qu'il la regarde à nouveau pour poursuivre :

— Vous descendez où ?

— À Lorient. Et vous ?

— À Auray.

Guillaume opina du chef.

— Vous habitez dans le coin ?

— Ah non, pas du tout, je suis parisienne. Je vais à Auray pour le boulot.

En s'entendant parler, Diane eut envie de s'étrangler. Une vraie pimbêche, pleine de mépris pour la vie provinciale. Et il y avait un peu de ça. Cependant, elle sentait qu'elle reprenait possession de ses moyens, oubliant la timidité ressentie quelques minutes avant.

— Vous êtes breton, vous ?

— Oui, je vis juste à côté de Lorient, mais j'ai habité quatre ans à Paris, s'excusa Guillaume, que troublait toujours le mépris passif-agressif des Parisiens.

Il se sentit un peu nul. Il était pourtant fier d'être breton, il ne comprenait toujours pas pourquoi il aurait dû s'excuser de vivre en province. Et puis, dans les faits, il était né à Paris, il était parisien finalement.

De nouveaux passagers s'installèrent dans le compartiment, mais personne ne vint s'asseoir dans leur carré. À nouveau, la valse des valises interrompit leur conversation.

Diane se mordait l'intérieur des joues. Elle ne pouvait s'empêcher de dire crânement qu'elle était une vraie Parisienne, née à Paris et vivant à Paris. Elle oubliait volontairement de dire qu'elle avait grandi en banlieue, parce que, Vincennes, ça n'était pas tout à fait la banlieue, pas vrai ? Elle se demandait comment elle allait pouvoir rattraper le coup avec cet homme à qui elle avait dû faire une bien mauvaise première impression.

— Et vous venez régulièrement à Auray pour le travail ? reprit Guillaume. On s'est peut-être déjà croisés là-bas ? J'y ai quelques clients.

— Non, c'est la toute première fois. De la Bretagne, je ne connais que le Mont-Saint-Michel. J'y suis allée quand j'étais petite, mais j'avais adoré !

— C'est en Normandie, répondit Guillaume d'un air entendu.

— Quoi ?

— Le Mont-Saint-Michel, c'est en Normandie, pas en Bretagne.

Bordel, plus elle parlait, plus elle s'enfonçait. Sortir des banalités, qui plus est erronées, la faisait passer pour une inculte totale. Diane voulait juste disparaître dans un trou de souris.

— Pardon, je suis vraiment nulle en géo… J'aurais dû être plus attentive à l'école.

Guillaume plissa les yeux. Cette fille était vraiment difficile à cerner. Il n'aurait su dire si elle était sympa ou désagréable, c'était très perturbant.

Dans un geste précis, Diane enleva le crayon qui maintenait son chignon et le fit tourner machinalement autour de son pouce, comme au lycée. Dans l'espoir de se montrer sous un meilleur jour, elle poursuivit.

— Je vais à Auray pour un reportage. Je dois faire une interview de Thomas Coville, le navigateur, vous le connaissez ?

— Oui, évidemment.

Son crayon manqua un tour et tomba sur la tablette devant elle. Évidemment que tout le monde le connaissait, sinon on en parlerait pas dans *TV Mag*... Ce n'était plus une noyade, c'était un naufrage. SOS. SOS. Allez, on sort les canots de sauvetage et les rames. Le *Titanic* version train, mais elle savait déjà que Leonardo DiCaprio ne lui ferait pas l'honneur de lui laisser la place sur la planche, vu comment elle se débrouillait.

— Il part dans quelques semaines faire la Transat Jacques-Vabre et mon journal m'envoie pour une interview et une visite de son bateau.

Elle était donc journaliste. Ça n'étonnait pas Guillaume. Elle avait ce côté franc-tireur, ce côté « je sais tout, j'ai tout vu », cet air échevelé qu'il trouvait aux reporters de terrain.

— Je vois parfois son bateau, *Sodebo Ultim'*, à La Trinité, il est impressionnant. Vous êtes journaliste, alors ? Pour quel journal ? demanda-t-il.

— Pour *TV Magazine*. Je fais partie des spécialistes des séries de la rédaction, et je fais aussi quelques papiers sur le sport quand j'en ai l'occasion, ça me change un peu.

— Ah, c'est bien, ça. *TV Magazine*, c'est celui qui est vendu avec *Ouest-France* ?

— Oui, c'est ça.

Diane était soulagée. Dans le petit univers parisien branché où évoluaient ses amis, dire que l'on travaillait pour un magazine de programmes télé, ça faisait carrément beauf, mais lui semblait trouver cela tout à fait respectable.

— Et vous, vous faites quoi ? reprit Diane.

— Je bosse dans le Web. Je fais du consulting pour des sites Internet, et je réalise aussi des logiciels de saisie pour des fichiers clients.

— Ah oui, c'est intéressant, ça !

— Euh, pas toujours.

Ils rirent tous les deux. La glace semblait brisée.

— Vous étiez à Paris pour le boulot ?

Guillaume se raidit et regarda ses mains, qui trituraient son pantalon.

Face au silence de son voisin, Diane s'en voulut. Elle se dit qu'elle avait été trop curieuse, qu'elle n'avait pas respecté ses limites. Pourtant, il venait de lui poser la même question juste avant, sans que cela lui paraisse inapproprié. Machinalement, elle retint sa respiration. Devant l'air ennuyé de l'inconnue, Guillaume osa répondre avec un sourire contraint :

— Non, pour un enterrement.

Diane pâlit. Son cœur se serra brièvement. Elle les cumulait. Jamais elle n'avait été aussi nulle dans une conversation, elle était tellement désolée de sa maladresse.

— Oh, je suis vraiment navrée.

— Ce n'est rien, dit-il avec douceur, gardant le regard fixé sur ses mains.

Enterrer sa mère quelques heures avant et s'entendre dire à haute voix « ce n'est rien » était d'une violence inouïe pour Guillaume. Mais que pouvait-il répondre ? La vérité ? Oui, la vérité. Juste la vérité, telle qu'elle était, parce qu'il y a des choses que l'on ne peut taire. Il poursuivit :

— Je suis allé à Paris pour enterrer ma mère.

Il se sentit soulagé. Comme si le formuler rendait concret ce qu'il venait de se passer ces derniers jours. Plus que le coup de fil lui annonçant la nouvelle, plus que les pleurs de tout le monde, plus que le défilé autour du petit cercueil, plus que la mise en terre… En le disant à cette femme, dans un TGV, c'était officiel, sa mère était vraiment morte.

Un piano à queue tomba du septième étage sur le coin du nez de Diane. Ses yeux se brouillèrent de larmes. Tout son corps voulait prendre l'inconnu dans ses bras. Elle brûlait de lui caresser les cheveux, de le bercer contre son cœur, de lui chuchoter des « ça va aller, ça va aller ». Elle se retenait de lui saisir la main pour la porter à sa joue. À la place, elle rassembla son empathie pour articuler :

— Je suis sincèrement désolée, toutes mes condoléances.

Guillaume fut touché par sa sincérité. La nouvelle l'avait littéralement retournée, il le voyait bien. Il s'en voulait d'étaler sa tristesse, mais il n'avait pas pu lui mentir. On ne ment pas quand il s'agit de la mort de sa mère, même pour épargner quelqu'un qu'on ne connaît pas. Il eut une vision étrange de cet instant d'intimité totale. Il avait l'impression de pleurer sa mère avec une sœur. La sœur qui lui avait tant manqué durant son enfance. S'il avait pu choisir, il l'aurait imaginée comme elle.

— Merci.

L'instant aurait pu être gênant, mais il était plein de grâce et empli de douceur.

Diane sourit et tendit sa main droite au-dessus de la tablette.

— Je m'appelle Diane Berthau.

Guillaume trouva ce geste d'une classe infinie. Quelle délicatesse. Il lui avait révélé une partie de son âme et elle en accusait bonne réception. Elle allait en prendre soin. Sa main vint à la rencontre de celle de Diane.

— Enchanté, Guillaume Charles.

Leur poignée de main était moelleuse comme une brioche toute chaude. Elle dura une seconde de trop pour être totalement conventionnelle, mais ils avaient passé ce stade depuis belle lurette.

— Elle avait quel âge, votre maman ?

— 67 ans.

— C'est jeune, dites donc. Elle était malade ?

Diane ne voulait pas être indiscrète, mais elle sentait qu'elle ne l'était pas. Ou plutôt qu'elle ne l'était plus. Elle avait l'habitude d'écouter parler les autres pour le boulot et, même si elle avait tendance à les juger intérieurement, elle savait que les gens aimaient se confier à elle.

— Non, ça a été très soudain, un AVC fatal. Elle est tombée dans le coma avant d'arriver à l'hôpital. Ils ont tenté de l'opérer, mais c'était déjà trop tard. On ne pouvait pas prévoir.

— Je suis désolée. Ça a dû être un choc.

— Oui, on ne s'attend pas à un tel truc. Quand on se réveille le matin, tout va bien, et le soir, on se couche orphelin...

— Elle vivait à Paris, votre maman ?

L'intérêt de Diane l'étonnait un peu. Il trouvait ça très étrange de lui confier tout ça, lui qui d'ordinaire était plutôt taiseux, mais en même temps ça lui faisait du bien.

— Oui. Mes parents étaient parisiens tous les deux, ils avaient déménagé en Bretagne après ma naissance. Mon père y avait trouvé un bon poste et ma mère avait obtenu sa mutation à l'hôpital de Quimper. Quand mon père est mort il y a quinze ans, je faisais mes études à Paris. Ma mère a préféré venir pour se rapprocher de moi et de sa sœur. Elles vivaient dans le même immeuble, toutes les deux. Et puis, finalement, c'est moi qui suis reparti en Bretagne pour rejoindre celle qui allait devenir ma femme...

« Madame, monsieur, bonsoir, contrôle des billets ! »

Ils tressaillirent tous les deux, coupés en pleine conversation. Ils n'étaient plus vraiment dans le TGV, ils avaient plutôt le sentiment d'être deux étrangers en train de faire connaissance dans un bar.

Le contrôleur, un type au sourire antipathique, semblait ravi de son petit effet de surprise.

Guillaume trouva rapidement son billet de train, soigneusement plié dans la poche de son imperméable, et le tendit au contrôleur, qui le scanna avant de le lui rendre, toujours souriant.

« Merci m'sieur, bon voyage ! »

Diane, elle, farfouilla longtemps dans son sac à dos fleuri. Guillaume l'observa d'un air amusé. Quel personnage étonnant que cette fille. Derrière son apparente agitation et son énergie brouillonne se cachaient une grande finesse et une belle sensibilité, il le voyait bien.

En revanche, le souvenir de leur rencontre ne lui revenait pas.

Diane, Diane, Diane. Diane Berthau. Non, ça ne lui disait rien.

Il ne connaissait pas de Berthau dans son entourage et ce nom ne lui rappelait rien. Diane non plus. Quel drôle de nom. Ça faisait prénom démodé qui n'a jamais été à la mode.

Diane, Diane, Diane.

Diane. Di-ane. Dis, Anne.

Le contrôleur, avec son sourire du chat du Cheshire, fit un clin d'œil lourd de sous-entendus à Guillaume. Le mouvement de tête qui accompagnait son geste ne laissait aucun doute sur sa signification. Allez, mec, fonce, drague-la, la blonde. Cette complicité de mâles dominants mettait toujours Guillaume très mal à l'aise, mais, par habitude, et surtout par lâcheté, il répondit d'un vague signe de tête en faisant tourner nerveusement son alliance autour de son annulaire gauche.

Confuse, Diane offrit un sourire contrit au contrôleur. Elle le regretta immédiatement en voyant son air torve.

— Eh ben alors, va falloir apprendre à ranger ses petites affaires, ma petite demoiselle.

Quel con.

On sentait qu'il aimait se pavaner ainsi entre les rangées de passagers. Fort de son petit pouvoir, il se mettait en scène dans un spectacle navrant, et Diane n'avait pas l'énergie pour le moucher.

— On vient d'enterrer notre mère. Vous seriez gentil de ne pas nous sortir des morales à deux balles, OK ?

Guillaume avait sorti ça le plus spontanément du monde. Il était sec, cassant, définitif. En mode : tu vas changer de ton tout de suite ou je vais me charger de fermer ta grande bouche.

Médusée, Diane sortit le nez de son sac pour contempler le visage fermé de Guillaume devenu cramoisi.

Le contrôleur, décontenancé par la réplique, avait rangé ses dents. Il balbutia un discret « Mes condoléances » à Guillaume, qui ne le lâchait pas de son regard devenu noir.

Après une longue fouille archéologique dans son sac à dos, Diane finit par brandir sa carte voyageur d'un air victorieux avant de la donner au contrôleur.

— Merci, mademoiselle, bon voyage et mes condoléances, dit-il d'un ton piteux en passant rapidement au rang suivant.

Guillaume et Diane se regardaient silencieusement, d'un air entendu. La voix du contrôleur se fit plus lointaine, mais ils n'osaient pas parler, de peur d'être entendus.

Le carré, si protecteur il y a quelques minutes, s'apparentait désormais plus aux vestiaires surchauffés et moites d'une piscine municipale.

— Ça vous dit, un café à la voiture-bar ? osa Diane, conquérante.

— Allons-y ! renchérit Guillaume, soulagé de cette porte de sortie.

Il allait s'infliger un mauvais café qui lui vrillerait l'estomac et l'empêcherait peut-être de dormir une fois rentré chez lui, mais il se leva de bon cœur. Il n'aimait pas le café, il n'avait jamais aimé ça, mais il ne savait toujours pas le dire aux gens qui lui demandaient invariablement de boire un café avec eux. Ça lui paraissait beaucoup d'efforts pour pas grand-chose, d'expliquer son désamour. On lui proposait toujours autre chose, mais ça mettait ses hôtes en ébullition : un thé alors, attends, je fais chauffer de l'eau. Un jus d'orange, ah flûte, il n'y en a plus au frais, tu veux un glaçon avec ? Guillaume aimait que les choses soient simples, alors, quand on lui offrait un café, il disait « avec joie » et le buvait avec deux sucres en évitant d'y penser. Il se consolait dans le plaisir qu'il trouvait dans la présence des autres.

ÉLISABETH

CHARLIE ÉTAIT EN SALLE D'ACCOUCHEMENT en train de bouquiner un vieux *Paris Match*.

— Alors, madame, c'est quoi ce bazar, on accouche avec deux semaines d'avance au lieu de profiter de son congé mat' ? lui lança Élisabeth.

— Je me suis dit que c'était une belle journée pour être accouchée par toi en pleine grève. Alors j'ai pris une aiguille à tricoter et j'ai percé ma poche des eaux ! renchérit Charlie.

— Tu rigoles, j'espère ? blêmit Élisabeth.

— Ma chérie, je t'aime beaucoup, mais pas au point de risquer la septicémie ! Je t'avoue que je suis soulagée que ce soit toi. Quand j'ai su que c'était cette empotée de Marie qui devait assurer la garde ce soir, j'ai failli faire demi-tour ! Je me suis levée ce matin et, depuis, je me fais l'effet d'un robinet mal serré, mais tu vois je…

Charlie stoppa net son blabla, le visage figé dans une grimace que la sage-femme connaissait bien. Élisabeth s'approcha de son amie, lui prit les mains en lui rappelant de bien souffler.

La contraction passée, Charlie retrouva l'air qu'elle affichait quelques secondes auparavant, les joues à peine plus roses.

— C'est incroyable comme c'est fort ! Quand je suis en pleine contraction, j'ai l'impression que je vais être avalée de l'intérieur et, dès que c'est terminé, j'ai la sensation que rien n'est arrivé, c'est dingue ! Je crois que je suis bipolaire. Tu es sûre que je suis en maternité et pas en psy ?

— Sûre, ma vieille. Ou alors, je suis internée avec toi. Ce qui finalement semble une option plausible. Raconte-moi, comment ça va, sinon ?

— Michel est complètement paniqué, je l'ai rarement vu comme ça, même le jour de notre mariage, et pourtant on aurait dit une poule sans tête dans un costard de luxe. On a tout ce qu'il faut à la maison, sauf le berceau, qu'on devait récupérer chez ma mère demain, évidemment. Ça nous arrange pas, cette histoire d'accoucher aujourd'hui, mais visiblement ce bébé tient de sa mère et ne fait que ce qu'il veut. Et moi, eh bien, tu le vois, je suis en train de perdre la raison et d'accoucher, mais je ne sais pas encore dans quel ordre !

— On va commencer par donner naissance à ton bébé si tu veux bien, parce que ça, je sais faire. Dire que j'en voulais à Cacou de m'avoir appelée, je suis bien contente finalement. Je te préviens, tu accouches avant 8 heures, hein ? Parce qu'il est hors de question que je te laisse à une autre équipe !

— T'inquiète, je suis là depuis ce matin à voir défiler tout l'hôpital, je n'ai qu'une hâte : en finir, je vais mettre le turbo ! Et puis, c'est de Bourg qui est de garde, c'est le seul qui aura le droit de me poser une péri. Les autres incompétents risquent de me rendre paraplégique, je préfère encore les douleurs de l'enfantement. Tu l'as vu, il est dans le coin ?

Élisabeth fit non de la tête, les yeux brillants. Charlie comprit immédiatement.

— Il se passe quoi, ma Babette ? Il t'a larguée ?

Charlie était la seule à savoir qu'Élisabeth et de Bourg, l'un des anesthésistes de l'hôpital, entretenaient une relation adultérine depuis presque deux ans. Au début, Charlie les avait vus se tourner autour et avait mis en garde son amie. Les médecins profitaient bien trop facilement de leur statut et de leur aura pour faire tomber les infirmières plus jeunes qu'eux comme des mouches. Ils fricotaient tous plus ou moins dans les services où ils opéraient, et ça finissait rarement bien. Elles se retrouvaient le plus souvent plaquées et, parfois, moquées. Eux passaient pour des séducteurs invétérés et roulaient des mécaniques. Elle était même à peu près sûre qu'ils se collaient de franches claques dans le dos de connivence en échangeant leur point de vue sur leur tableau de chasse. C'était un microcosme parallèle à leurs vies de famille bien rangées. Ces messieurs avaient tout pouvoir, tandis que certaines femmes en ressortaient littéralement broyées.

Élisabeth n'avait pas pu résister à la cour subtile du docteur de Bourg ni à son charme d'homme mûr et sûr de lui. Ils se voyaient souvent lors des gardes, il était bien trop cultivé, spirituel et séduisant. C'était dur de lutter après plusieurs mois de disette amoureuse. Elle avait vu le piège se refermer sur elle, fatalement. Un jour, elle avait craqué. Il l'avait attirée vers sa chambre de garde en lui disant qu'il ne pouvait pas vivre sans elle et qu'il pensait à elle tout le temps. Du miel pour ses oreilles de Catherinette pas vraiment née de la dernière pluie.

Bien évidemment, elle avait tout raconté à Charlie. Bien évidemment, elle imaginait qu'il allait quitter sa femme pour elle parce que leur amour était d'une force inouïe. Il était amoureux aussi et, depuis deux ans, il faisait tout ce qu'il pouvait pour être avec elle. Il calait ses gardes sur les siennes, il l'emmenait en week-end à l'étranger pour son anniversaire, il avait même prétexté un appel de l'hôpital pour venir lui faire l'amour entre deux coupes de champagne au réveillon de Noël l'année dernière. Il n'aimait plus sa femme depuis longtemps. Avec Élisabeth, il se sentait vivant, il se sentait pousser des ailes, il reprenait goût à la vie. Il n'avait jamais ressenti ça pour personne, il lui faisait l'amour comme il ne l'avait fait auparavant à aucune femme, il lui avait dit tout ça. Et elle le croyait.

Ils s'aimaient en cachette et c'était excitant, romanesque et glauque à la fois. Excitant quand ils s'aimaient en catimini dans tous les recoins de l'hôpital.

Romanesque quand il débarquait chez elle avec un bouquet de fleurs en sortant de l'hôpital avant même de rentrer chez lui. Glauque quand il redoutait de l'emmener au restaurant dans Paris de peur d'être démasqué.

— Non, c'est moi qui l'ai quitté, répondit Élisabeth entre deux sanglots.

— Mais qu'est-ce qu'il s'est passé, ma grande ?

Élisabeth ne parvint pas à émettre un son. En guise de réponse, elle mit ses mains sur son ventre et haussa les épaules en faisant la moue.

— T'es enceinte, bordel, t'es enceinte ! Félicitations ! dit Charlie en se redressant d'un bond sur son lit.

Élisabeth fit non de la tête et enchaîna d'une voix étranglée :

— Non, pas félicitations… Quand je le lui ai annoncé lundi, je ne sais pas… je pensais qu'il allait avoir le déclic et quitter sa femme. Il m'a répété tant de fois que c'était fini entre eux, mais non. Pas du tout, je me foutais le doigt dans l'œil. Il m'a répondu qu'il voulait que rien ne change, qu'il ne voulait pas d'autre enfant, mais qu'il me voulait, moi, qu'il m'aimait comme un fou et…

— Et quoi ? coupa sèchement Charlie.

— … et qu'il suffirait d'un petit cacheton pour que l'on puisse continuer à s'aimer « comme avant ».

— Ah putain, le salaud, je vais lui arracher les aaahhh…

Interrompue par une nouvelle contraction, Charlie ne put finir sa phrase. Élisabeth s'approcha d'elle et lui attrapa les mains pour les accrocher autour de son cou. Elle en profita pour essuyer ses larmes sur les épaules de son amie. Tête contre tête, les deux femmes accueillaient la contraction.

— Souffle par le fond de la gorge, ne bloque pas ta respiration, souffle, Charlie, souffle !

Le visage déformé par la douleur, Charlie ne respirait tout simplement pas. Elle bloquait tout, comme si le fait de ne plus faire entrer d'air aller empêcher l'onde de choc de prendre possession de son corps.

— Souffle, bordel, ne m'oblige pas à te faire les gros yeux, gronda Élisabeth.

Charlie réussit enfin à respirer, la mine complètement fermée, la bouche crispée dans un rictus. Elle exhala tout ce qu'elle pouvait, inspira à nouveau, souffla. La contraction terminée, elle relâcha l'étreinte autour du cou de son amie.

— Ce n'est pas une mince affaire, ce truc, en fait… Je perds complètement notion de ce qu'il se passe autour de moi quand j'en ai une.

— J'ai vu ça, ouais. Va falloir que tu respires, ma grande, comme tu as appris au cours d'accouchement, OK ?

Élisabeth avait lancé cette phrase avec un ton malicieux et réprobateur à la fois. Charlie avait catégoriquement refusé de retourner aux cours de préparation à l'accouchement après le premier rendez-vous. Elle racontait à qui voulait l'entendre sa déconvenue à grand renfort de gestes. « Non mais, tu te rends compte, les nanas, elles sont toutes plus idiotes les unes que les autres, les bras en couronne au-dessus de leur ventre, à demander à la sage-femme si ça fait vraiment si mal que ça ou si leur maman pourra les accompagner, parce que leur mari trouve que sa place n'est pas en salle de travail. Elles sont toutes en train de crocheter des trucs pour leurs marmots et de parler de tel ou tel bidule qu'elles veulent acheter pour faire les purées ! J'ai l'impression d'être dans les années cinquante, entourée de bobonnes, je ne vais pas les supporter ! Le pire de tout, c'est la sage-femme qui me recommande d'être calme pour accueillir le bébé dans la sérénité, je vais lui en montrer, de la sérénité, moi ! »

Charlie avait donc décidé que, puisque des générations et des générations de femmes avaient donné vie sans préparation avant elle, elle n'avait pas besoin de prendre de cours. En revanche, elle exigeait la péridurale. Aucune discussion possible, elle ne voyait pas l'intérêt de souffrir s'il existait la possibilité de faire autrement. Et justement, la péridurale, elle connaissait bien, c'était même son métier.

Elle leva les deux mains en signe de reddition et ne répondit rien sur le sujet. Charlie savait quand elle avait tort et elle était assez maligne pour ne pas s'enfoncer davantage.

Si une personne était entrée à ce moment-là dans la pièce, elle n'aurait pu deviner la scène qui s'était jouée quelques instants plus tôt.

Charlie avait les yeux d'un bleu transparent et des cheveux blonds bien lisses qu'elle aimait laisser libres, mais qu'elle attachait consciencieusement en un petit chignon bas quand elle travaillait. Elle était petite, fine, carrée d'épaules, et avait une endurance à toute épreuve qui faisait l'admiration de ses collègues. Il fallait la voir à l'œuvre quand il s'agissait de passer les malades d'un lit à l'autre ! Tant d'énergie dans une femme si menue, c'était surprenant. Élisabeth trouva à cet instant qu'elle avait l'air d'une ado perdue dans une maternité. Vulnérable malgré la carapace bien épaisse.

— Tu sais ce que tu vas faire ? demanda Charlie en désignant du menton le ventre qui ne pointait pas encore sous le pyjama rose.

Élisabeth haussa les épaules, incapable de prononcer un mot à cause de l'énorme boule qui lui bloquait la gorge.

— Ça marche, ma caille, si tu as besoin, tu sais où me trouver. Je ne bouge pas pendant au moins quelques heures. D'ailleurs, si tu veux éviter de *le* croiser, je suis même prête à accoucher sans péri, renchérit sérieusement Charlie.

Élisabeth ne put s'empêcher de rire dans un hoquet, la boule dans sa gorge paraissant soudain plus petite.

— T'es sympa. Je ne vais pas pouvoir l'éviter indéfiniment, de toute manière. Je te promets de l'étriper seulement après qu'il t'aura posé la péri. Je vérifie où tu en es ?

Obéissante, pour une fois dans sa vie, Charlie écarta les jambes pour laisser la sage-femme travailler.

Après un silence qui parut infini, Élisabeth enleva ses gants en latex et déclara :

— Vous en êtes à 4, ma petite dame, ça va aller vite, tout ça !

Michel entra dans la salle d'accouchement à pas de loup. Il avait l'air complètement à côté de ses pompes. Il embrassa chaleureusement Élisabeth, lui témoignant ainsi combien il était content que ce soit elle qui les accompagne ce soir, et s'installa à côté de sa femme.

— Michel va rester avec moi jusqu'au bout, affirma Charlie.

— Si je ne tombe pas dans les vapes avant ! répondit l'intéressé en plaisantant, mais pas tant que ça.

— Écoute, mon grand, tu étais là pour le fabriquer, ce môme, tu vas être là pour l'accueillir, OK ? gronda Charlie.

— Bon, je vous laisse, j'ai une gémellaire qui m'attend ! déclara Élisabeth pour couper court au sermon qui s'annonçait.

— C'est quoi, une gémellaire ? interrogea Michel.

— Des jumeaux. Autant vous dire que je ne peux pas la faire patienter plus, cette pauvre dame, elle doit en avoir marre... Michel, je compte sur toi pour rappeler à ta femme de souffler quand elle est au milieu d'une contraction, j'ai peur qu'elle ne devienne bleue si elle continue comme ça ! Allez, Charlie, tu gères comme une pro, je t'envoie Dédé pour les constantes et de Bourg dès qu'il arrive !

Élisabeth s'éclipsa, laissant Michel avec son air ébahi et Charlie en mode commando, résolument prête à affronter la prochaine offensive. Les salles d'accouchement ressemblaient souvent à des champs de bataille. On y voyait la femme tour à tour dans toute sa puissance et dans toute sa faiblesse. Michel et Charlie allaient devenir parents ensemble. Ils avaient de la chance de s'être trouvés tous les deux. Ce bébé, songea-t-elle, c'était tout ce qui manquait à leur foyer accueillant.

DIANE & GUILLAUME

DIANE REGROUPA RAPIDEMENT SES PETITES AFFAIRES éparpillées pour les ranger dans son sac, laissant juste son *Parisien* sur la tablette, et se leva. Elle avait tout enfourné en vrac. Pas étonnant qu'elle n'y retrouve rien. Guillaume suivit le mouvement en pliant soigneusement son imperméable et en le déposant à sa place pour signifier qu'elle était prise. Il emboîta le pas à la jeune femme, qui s'avançait déjà dans l'allée, son sac sur le dos. Elle tenait ses bretelles de manière enfantine, avec les pouces coincés en dessous. Une vraie petite écolière. Elle semblait encore plus petite à côté de Guillaume, qui avait déplié son 1 m 84.

Durant leur trajet jusqu'à la voiture-bar, le rythme saccadé du TGV les malmena et Guillaume faillit tomber plusieurs fois, se rattrapant de justesse aux appuis-tête à portée de main. Diane, quant à elle, sautillait comme un cabri à chaque secousse, mais retombait toujours sur ses pattes. L'air pataud de son compagnon de voyage l'amusa. Comment pouvait-on être aussi beau et aussi mal à l'aise avec son propre corps ? Ça le rendait terriblement touchant.

Il y avait peu de monde au wagon-bar. Une femme d'une cinquantaine d'années, aux boucles brunes et molles, serrait maladroitement sa barquette de lasagnes fumantes entourée d'une épaisseur impressionnante de serviettes en papier. Deux jeunes hommes parlaient avec de grands gestes au-dessus de leurs bières sans prêter attention au monde autour d'eux. Ils devaient y être depuis Paris, vu leur regard un peu flou et le nombre de canettes s'alignant sur la table haute qui les séparait. Une jeune femme attendait au comptoir, un gros sac à langer en coton bleu molletonné sur l'épaule, un cosy posé à ses pieds, où pleurait un bébé. Dos aux clients, l'employée des wagons-restaurants regardait fixement le four à micro-ondes en marche.

Diane et Guillaume patientèrent devant le bar, attendant sagement qu'elle sorte de son extase hypnotique pour commander. Diane jeta un œil à la grosse montre en plastique rose fuchsia entourant son poignet gauche. Guillaume avait l'impression que, chaque fois qu'il l'observait, il remarquait un nouveau détail qui faisait sa particularité. Ce n'était pas une fille, c'était une pochette-surprise.

D'un air sûr, elle se tourna vers Guillaume :

— 20 h 50, il est un peu tard pour un café pour moi, je vais prendre une bière. Vous voulez quoi du coup ?

Guillaume pensa qu'elle n'avait vraiment rien à faire du regard des autres, et il trouva ça génial.

Combien de femmes auraient pensé à boire cette bière, mais ne l'auraient pas commandée, parce que ce n'était pas bien vu, surtout avec un inconnu ? Elle, elle s'en fichait.

— Pareil, je vous suis.

Ou, si ça se trouve, elle était alcoolique, ce qui aurait expliqué son agitation constante.

— Je nous prends des saucissons aussi.

Ça n'était pas une question, plutôt une affirmation, il ne pipa mot.

Le micro-ondes avait fini par s'arrêter. L'employée en sortit un petit pot couleur brocoli-courgette qu'elle donna à la jeune maman, laquelle installa le cosy contre la fenêtre en hauteur sur la table pour donner à manger à son bébé. La serveuse se tourna très lentement vers eux pour enfin prendre leur commande.

— À nous, qu'est-ce que je vous sers ?

— Deux Kronenbourg, s'il vous plaît, et un sachet de petits saucissons. Pas de gobelet, on boira à la bouteille, merci.

Elle glissa à Guillaume :

— Ça ne vous dérange pas, j'espère ? J'essaie de réduire mes déchets, surtout quand il s'agit d'objets à utilisation unique. Ça me rend folle qu'on s'en serve quelques secondes et qu'on les envoie direct à l'incinérateur.

Guillaume ne savait pas refuser un café, alors se mettre en travers des convictions écologiques d'une fille en ciré jaune qui compatissait à son deuil lui semblait impensable.

— Aucun souci, c'est intéressant comme démarche.

— J'aimerais bien écrire un livre sur le sujet, ça me passionne de chercher des améliorations jour après jour.

La barmaid chercha longtemps les canettes dans son réfrigérateur, on sentait qu'elle avait dû avoir une rude journée, elle aussi.

Guillaume mit sa main dans la poche de sa veste à la recherche de son portefeuille. La main fouilla dans le vide. Gros malaise. Petite sueur froide. Il l'avait laissé dans son imper. Il continua à palper ses poches en faisant semblant de chercher, l'air concentré. Levant sa Carte Bleue à hauteur de ses yeux, Diane lui attrapa le bras en disant : « Tttt, c'est pour moi. » Il tenta de protester pour la forme, mais sans insister. Diane paya « sans contact » et ils s'installèrent face à face sur la table centrale.

Diane remarqua que les mains de Guillaume tremblaient. Il avait dû passer une journée tellement éprouvante. Elle se donna pour mission de lui apporter du réconfort, au moins le temps de cette bière partagée.

Ils ouvrirent leurs canettes dans un « pschitt » de concert.

— Je vous propose que l'on trinque à notre fraternité ! déclara Diane, radieuse.

— Je ne sais pas ce qui m'a pris, j'ai honte d'avoir parlé comme ça au contrôleur, mais je n'étais pas en état de supporter ses mesquineries. Quand même, utiliser la mort de ma mère pour lui rabattre le caquet… C'est sorti tout seul et ça ne me ressemble pas du tout, je suis plutôt du genre à attendre que l'orage passe.

— Pour le coup, l'orage, c'était vous, et il a pris la foudre en pleine tête ! Merci de m'avoir défendue. Habituellement, je le fais toute seule, mais là, je n'en avais pas l'énergie.

— Personne ne parle comme ça à ma sœur, il faut que ce soit clair ! lança Guillaume avec un clin d'œil, sur le même ton que Patrick Swayze dans *Dirty Dancing*, avec sa célèbre réplique « on ne laisse pas bébé dans un coin ».

— Vous avez une sœur ? Je veux dire, à part moi, évidemment.

— Non, fils unique. Ma mère a eu un accouchement compliqué, ça l'a vaccinée, semble-t-il. Et vous ?

— Un peu la même histoire, je crois, répondit Diane. Mes parents n'ont jamais voulu d'autre enfant après ma naissance. Je crois qu'ils avaient assez à faire avec un modèle comme moi !

Elle remarqua que Guillaume détaillait le bébé dans son cosy avec un demi-sourire, sans même s'en rendre compte.

— Vous avez des enfants ?

— Oui, deux. Bientôt trois ! répondit-il fièrement.

— Ah, eh bien, félicitations !

Levant sa canette de Kro, elle proposa :

— Alors, vous me permettez de lever mon verre à ce futur bébé ?

Touché une fois de plus, Guillaume masqua son trouble en une mimique d'approbation. Le bruit mat de l'aluminium accompagna le regard et le hochement de tête qu'ils échangèrent brièvement. Trinquer dans les yeux, toujours. Leur génération savait bien qu'il fallait faire ainsi, sinon on risquait sept ans de mauvais sexe. Même sans être superstitieux, tous les trentenaires prenaient bien garde à respecter la consigne.

— Trois enfants, vous m'impressionnez !

— C'est intense, mais c'est ce que l'on voulait, ma femme et moi.

— Les enfants, c'est le ciment du couple, pas vrai ?

Guillaume se marra franchement en faisant non de l'index.

— Je dirais plutôt que c'est le marteau-piqueur qui vient fissurer le ciment de mon couple.

Diane, un peu décontenancée, se mit à rire aussi.

— Vous avez sûrement raison, répondit-elle en reprenant une longue gorgée de bière.

— Et vous, elle a été comment, cette journée, pour que vous sembliez si fatiguée ? demanda Guillaume entre deux rasades.

Essuyant d'un revers de la main la petite moustache que la mousse dessinait au-dessus de sa lèvre, Diane prit son élan pour répondre :

— On va dire que cette journée n'a pas été merveilleuse et je crois que je n'en ressors pas grandie.

Elle but à nouveau et reprit la parole, encouragée par l'expression étonnée et attentive de son compagnon de voyage. Il ne fallait pas que cet homme-là joue au poker avec elle, elle avait l'impression de pouvoir lire ses pensées dans la moindre de ses expressions.

Sur le ton de la gamine qui sait qu'elle a fait une bêtise, mais qui sait aussi qu'elle est assez mignonne pour être pardonnée, elle poursuivit :

— On va dire que j'ai été assez égoïste, même si je ne voulais pas l'être, et que, en fin de compte, je n'en suis pas si désolée que ça. Ce qui fait de moi une personne doublement égoïste. Vous voyez ce que je veux dire ?

— Je crois, oui.

— Eh bien, là, j'ai laissé passer quelque chose de très important pour mon amoureux ou, plutôt, pour mon couple, mais ça m'a aussi fait du bien de ne penser qu'à moi. Alors, par rapport à lui, je me sens mal, mais en même temps je suis heureuse pour moi.

— Je vois. Ma maman disait qu'il faut d'abord savoir s'aimer soi-même pour pouvoir bien aimer les autres.

Diane fit la moue.

— Je suis un peu fatiguée de vouloir être comme on veut que je sois, mais j'ai tendance à culpabiliser, j'ai le syndrome de la première de la classe qui ressort constamment.

— Ça veut dire quoi, « le syndrome de la première de la classe » ?

— Ça veut dire que j'ai envie de plaire aux gens et que je fais des efforts pour rentrer dans la case qu'ils imaginent pour moi. J'ai envie qu'on dise : « Ah oui, cette Diane, c'est une fille bien », alors je mets en sourdine certaines pensées ou certaines envies. Par exemple, si mon amoureux préfère que l'on passe des vacances dans sa famille, on y va et je me mets en quatre pour être agréable avec ses parents. Je réfléchis à ce qu'ils aimeraient que je fasse au lieu d'être moi, tout simplement. Du coup, je fais plaisir à tout le monde, et moi, je passe des vacances pourries, tout en souriant. Et à force, mon sourire se transforme en grimace, le masque se fissure et je finis par devenir odieuse quand j'ai le loisir de l'être. Je travaille là-dessus, je progresse, je crois, mais je n'aime pas qu'on ne m'aime pas.

— C'est marrant.

— Comment ça, « c'est marrant » ? reprit-elle, faussement offusquée.

— Non, ce n'est pas marrant... Enfin, je veux dire, c'est paradoxal, car vous donnez une image complètement différente. J'ai du mal à croire que vous fassiez des choses dont vous n'êtes pas complètement convaincue. Vous avez l'air très décidée, têtue, si je peux me permettre. On vous sent pleine de force.

— Ah bon ?

— Oui, je vous assure, vous avez l'air d'être quelqu'un de très libre.

Diane contempla le bleu transparent des yeux de Guillaume, où elle ne décela que de la bienveillance et de l'écoute.

— Oui, je crois que je le suis. En fin de compte, je suis la seule à m'imposer des choses.

Le bébé, qui venait d'avaler une cuillère de purée, se mit à pleurer bruyamment. Visiblement, le goût du petit pot ne lui convenait pas. Saisissant l'opportunité, Diane changea de sujet. Cet homme visait beaucoup trop juste, elle préférait noyer le poisson.

— Et c'est une fille ou un garçon que vous attendez ?

— Cette fois-ci, on a choisi de garder la surprise. On a déjà un garçon et une fille, de toute façon, on l'aura en double !

— Et c'est pour quand ?

Le bébé hurlait maintenant franchement. Sa maman se battait avec la ceinture du cosy pour le sortir tout en lui chantonnant « À la claire fontaine ». Bercé par les petits mouvements de balanciers des bras de celle-ci, il se calma et l'écouta fredonner, les yeux dirigés vers ses lèvres.

« Il y a longtemps que je t'aime, jamais je ne t'oublierai… »

Tout le wagon se tut sous l'effet apaisant de la berceuse. Guillaume et Diane furent troublés par la douceur de la mélodie. Comme aimantés, leurs regards ne parvenaient pas à se détacher l'un de l'autre. Dans une dimension parallèle, Diane se baigna dans le lagon des yeux de Guillaume. Guillaume, lui, s'adossa à l'écorce marron glacé de l'iris de Diane.

Le bébé se remit à pleurer, la maman continuait à chanter, mais le charme était rompu.

Guillaume reprit le cours de leur échange.

— Il va naître dans une dizaine de jours au plus tard. C'est dur d'imaginer que ma mère ne le rencontrera pas. Et que ce bébé ne connaîtra pas sa mamie… à quelques jours près.

Puis, même si Guillaume avait déjà une idée de la réponse, il ne put s'empêcher de demander :

— Et vous, au fait, vous avez des enfants ?

— Non.

— Et vous en voulez ?

Diane resta muette. Figée. Anesthésiée par la question, incapable de se détacher de la mélodie qui s'éloignait avec la maman quittant le wagon bar, son bébé dans un bras, son cosy et son gros sac à langer dans l'autre.

Guillaume se mordit la lèvre en guise d'excuse. La fatigue, la chaleur du TGV, l'impression de connaître cette fille depuis toujours et la bière lui donnaient une audace qu'il ne se connaissait pas.

— Pardon, c'était une question maladroite…

Diane n'avait pas vécu une telle proximité avec un homme depuis si longtemps, ça la bouleversait. Il pouvait lire en elle des pensées enfouies très loin. Celles que l'on ne peut formuler, car elles remettent trop de choses en cause. Car elles sont susceptibles de faire chavirer une vie entière. Une vie et même plus. Ces vérités que l'on se cache en continuant de tirer un 33 tonnes par peur qu'elles écrasent toutes les autres. Ces certitudes que l'on étouffe jour après jour et qui finissent par exploser.

Et l'explosion, c'était maintenant.

BOUM.

Est-ce qu'elle voulait un enfant ?

OUI.

Dans l'absolu, oui. Elle avait toujours souhaité des enfants. Deux si possible. Cela faisait trois ans qu'elle désirait avoir un bébé d'Olivier et que la décision était prise. C'était acté, c'était un fait : ils allaient être parents ensemble. Plus que toute autre chose, oui, elle voulait un enfant.

Mais est-ce qu'elle en avait vraiment envie, là, maintenant, avec Olivier ? Est-ce que la Diane qu'elle était devenue le désirait toujours avec l'homme avec qui elle partageait sa vie, en ce moment ? Cet Olivier avec qui tout semblait désormais si compliqué ? Celui qui ne la faisait plus jouir et dont désormais elle ne se souciait plus du plaisir ?

Elle ne s'était pas posé la question depuis si longtemps que celle-ci la percuta de plein fouet. Au lieu de la faire chavirer, la réponse qu'elle trouva en elle lui donna un grand sentiment de liberté. Toutes les lumières éteintes dans une partie de son âme s'allumèrent. Elle était euphorique, grisée par toute l'adrénaline qui circulait dans son corps à cet instant.

Le brouillard noir qu'elle sentait flotter en elle depuis des semaines, des mois même, se dissipa. Le corset imaginaire qui l'oppressait au niveau des côtes se desserra aussitôt, lui permettant de respirer à pleins poumons, comme pour la première fois. Elle avait une envie physique de crier pour faire sortir tout ce qui pourrissait lentement en elle depuis si longtemps.

À la place, elle rit.

Oui, Diane fut prise d'un fou-rire. Un rire primaire qui venait de loin et qu'elle ne connaissait pas. Un peu diabolique et plus grave que son rire habituel. Elle se rendait compte de cette bizarrerie et ça la faisait marrer encore plus. C'était une vague de fond qui la cueillait sans lui demander son avis. Et elle se laissait aller avec une jouissance intense.

Face à cette réaction soudaine, Guillaume resta d'abord interdit. Il voulait dire quelque chose, mais il ne savait pas quoi. Il se sentait mal à l'aise, même s'il saisissait que ce rire n'était pas dirigé contre lui.

Les deux hommes à côté interrompirent leur conversation pour voir ce qu'il se passait. Guillaume remarqua leur mine interrogatrice, puis se tourna vers Diane, qui riait encore et encore, aux larmes. Il sourit en la contemplant. Puis, il commença à rigoler lui aussi. Doucement, timidement d'abord, puis, comme contaminé, il se laissa entraîner dans cette hilarité. Ils s'esclaffèrent tous les deux, sans garde-fou, jusqu'à en avoir mal aux côtes. Par moments, l'un d'eux parvenait à se calmer, mais un regard vers l'autre suffisait à relancer la machine.

Ils pleuraient et ils hoquetaient en même temps, sans savoir pourquoi, incapables de s'arrêter.

Les deux hommes s'amusaient un peu aussi de les voir dans cet état. La barmaid se parlait à elle-même, tournant en rond, se demandant comment ça allait tourner, ce bazar.

Diane et Guillaume parvinrent plusieurs fois à se reprendre, mais ils mirent de longues minutes à se maîtriser vraiment. Ils sortirent de ce moment les joues rouges, revigorés de s'être sentis aussi vivants pendant quelques minutes.

Diane finit par reprendre son souffle et reprit la conversation d'un ton qui se voulait léger.

— Si je veux un enfant ? Hum, c'est une bonne question. Et là, à la minute, je ne saurais quoi vous répondre.

Le silence de Guillaume l'invita à continuer.

— Je ne sais plus rien, je crois. Cela fait des années que l'on essaie d'avoir un bébé, mon compagnon et moi, et cela nous a fait oublier tout ce qui nous réunissait. On avait l'habitude d'être complices, de parler de tout, et maintenant on ne pense plus qu'à ça, on ne vit plus que pour ça, c'est notre seule préoccupation commune. On s'oublie complètement, en tant que personnes et en tant que couple. Et comme c'est douloureux d'évoquer le sujet, on vit côte à côte dans notre solitude. Je ne peux partager ça avec personne.

— Je vous comprends.

— Vous, avec votre famille idéale et votre bébé en route ? se moqua Diane, amère.

Devant la mine blessée de Guillaume, elle se reprit aussitôt.

— Je vous demande pardon, je suis à côté de la plaque, je ne sais pas grand-chose de vous, je deviens méchante quand j'ai mal, c'est un réflexe. Excusez-moi.

— Avec Elsa, ma femme, nous avons vécu une période très difficile juste après que je l'ai demandée en mariage, répondit Guillaume d'un air grave. Alors que je croyais que c'était moi qui n'étais pas prêt pour l'engagement, c'est elle qui s'est mise à paniquer. On peut dire qu'elle a même complètement déconné.

— Comment ça, « déconner » ?

— Elle qui est très stable, très saine, très sûre d'elle, elle a perdu ses repères. Elle a repris contact avec un ex qui vivait à Marseille. Le type était encore amoureux d'elle, elle le savait. Elle a clairement joué avec le feu. Ils s'envoyaient des messages enflammés. D'abord en évoquant leurs sentiments, puis en étant très explicites sur les choses sexuelles qu'ils avaient envie de se faire.

— Oh merde. Comment vous avez découvert ça ?

— C'était un moment compliqué. On n'arrêtait pas de se disputer pour un oui pour un non. Pour les mots à mettre sur le faire-part du mariage, pour le budget, pour la liste des invités... Et elle disparaissait dès que son téléphone se mettait à sonner... Nous n'avons jamais été si éloignés l'un de l'autre, alors que nous étions sur le point de nous dire « oui » quelques mois plus tard. C'était affreux. Un soir, elle est partie lire un SMS dans la salle de bains comme une ado. Nous avons eu une engueulade mémorable. Je lui ai dit que je voyais bien qu'il se passait quelque chose, qu'elle pouvait me rendre ma bague si elle ne voulait plus se marier, qu'il était hors de question pour moi d'épouser une personne que je ne reconnaissais plus et que je crevais dans mon coin d'avoir perdu la femme que j'aimais. Je l'ai mise au pied du mur : si elle m'aimait, elle allait devoir m'expliquer ce qui se passait, avec son téléphone qui sonnait tout le temps, sinon, j'allais regarder moi-même ses messages.

— Oh, bon sang.

— Elle est partie en hurlant qu'elle me détestait, que je ne comprenais rien et que tout était fini. Elle a claqué la porte et je suis tombé dans un trou noir. Elle est revenue au milieu de la nuit, j'étais une loque, elle aussi. On pensait tous les deux que c'était fini. Elle m'a tout raconté. Enfin, je crois. Elle m'a expliqué que le mariage l'angoissait, qu'elle avait eu peur d'avoir loupé une histoire avec ce type à Marseille, qu'elle s'était mise en danger comme pour se tester et que ces échanges lui faisaient autant de bien qu'ils la dégoûtaient, que je lui manquais et qu'elle ne voulait plus jamais s'éloigner de moi. On s'est alors promis de tout se dire, même les choses qui font mal. On s'est juré de s'avouer nos peurs, de s'avertir si nos sentiments évoluaient ou si l'on ressentait une attirance pour quelqu'un d'autre. Pas pour se rendre jaloux, mais pour se laisser la possibilité de se battre et de sauver notre histoire. Avec l'arrivée des enfants, on a continué à faire de notre couple la priorité de notre vie, enfin, autant que possible.

Diane restait pensive, entortillant machinalement ses cheveux autour de ses doigts.

— J'ai mis du temps à lui refaire vraiment confiance. J'ai fait comme si, au début, parce que je l'aime plus que tout, et, au bout d'un moment, j'ai pris conscience que je l'aimais aussi pour ses fêlures. Et que cette peur d'avoir failli se perdre, c'était ce qui nous ferait nous investir pour rester ensemble chaque fois que c'est difficile. Tout le monde pense que nous sommes un couple parfait, qu'on se dispute juste ce qu'il faut pour avoir un bon équilibre. La vérité, c'est que je n'ai jamais osé raconter cette histoire à personne parce qu'elle fissure la belle image qu'on donne et que je tremble encore à l'idée que j'aurais pu la perdre vraiment.

Diane ne parvint pas à lui répondre. Une fois encore, cet homme venait de lui confier un morceau de lui-même et elle ne voulait pas risquer de l'abîmer en disant un mot de trop. Et puis, instinctivement, elle sut exactement quoi lui dire.

— C'est beau. Vous avez fait du kintsugi avec votre relation… C'est un art japonais qui consiste à réparer ce qui est cassé pour le rendre encore plus beau. On va prendre une coupelle en céramique brisée et la recoller en utilisant de la laque et de l'or pour la soudure. On la rend encore plus belle en laissant la soudure visible, comme une cicatrice dorée. Cela donne une valeur supplémentaire à l'objet et montre que l'on y tient vraiment, parce que l'on met de l'énergie et du temps à le consolider. On sauve l'objet et on l'embellit en même temps.

Guillaume trouvait Diane de plus en plus rayonnante. Elle s'animait quand elle parlait des choses qui la faisaient vibrer, c'était fascinant à contempler.

Pour se donner du courage, il fixa longuement le fond de sa canette.

— Merci beaucoup, Diane.

— Pour quoi ? l'interrogea-t-elle sincèrement.

— Pour le kintsugi, pour la bière et surtout pour le fou rire. Ça faisait longtemps que je n'avais pas ri ainsi et je crois que c'était exactement ce qu'il me fallait aujourd'hui.

Diane baissa les yeux et caressa nerveusement la tranche de la tablette, un peu gênée et émue aussi. Elle avait l'impression de vivre une scène de cinéma, s'attendant presque à voir débarquer la maquilleuse pour tamponner son front qui devait briller. Elle se sentait légère.

— Avec grand plaisir. Ça faisait une éternité que je n'avais pas ri comme ça, moi aussi. Si j'ai réussi à vous faire du bien, on n'a qu'à dire que ça compense le mal que j'ai fait à mon amoureux ce matin. Du coup, ça rééquilibre mon karma, vous en pensez quoi ?

— Que je suis nul en karma ! Mais que, pour la bière et le fou rire, je vous mets 9 sur 10.

— Merci à vous aussi pour ce que vous m'avez confié sur votre couple, je trouve ça très beau d'avoir su avancer après tout ça. Vous allez faire quoi en rentrant chez vous ?

« Mesdames et messieurs, nous arrivons dans quelques minutes à la gare de Vannes. Vannes, 3 minutes d'arrêt. »

— Dormir en espérant que le bébé ne naisse pas cette nuit et prendre soin de ma femme pour qu'elle ne me déteste pas trop le jour de l'accouchement. Et vous, c'est quoi votre planning une fois de retour à Paris ?

Diane caressa machinalement sa longue queue-de-cheval.

— Je ne sais pas encore.

Ils rirent encore un peu, parlèrent des enfants de Guillaume, qui étaient assez turbulents, mais terriblement mignons, et grignotèrent les saucissons grelots en finissant leur bière.

Ils se sentaient tous les deux dans une sorte d'état second. Une fatigue physique couplée à une lassitude nerveuse accompagnée d'une légère ivresse, le tout saupoudré d'une excitation enfantine. L'état dans lequel on se sent parfois quand on arrive à une soirée, épuisé par une rude journée de travail et des soucis en bandoulière. On boit un premier verre un peu trop vite, on sent qu'on lâche prise et, soit on s'allonge et on dort d'une traite, soit on enchaîne sur un deuxième verre et on continue jusqu'au bout de la nuit.

Le train était à l'arrêt, il allait redémarrer. Ils décidèrent, un peu à contrecœur, de rejoindre leurs places pour que Diane rassemble ses affaires avant de descendre à la gare suivante.

Elle ouvrait la voie, baissant le loquet des portes d'un geste sec, comme si le train lui appartenait.

Soudain, entre deux wagons, elle se retourna pour dire quelque chose à Guillaume. Surpris, ce dernier s'arrêta net au moment où le train accélérait un peu violemment et, comme au ralenti, réceptionna Diane, complètement déséquilibrée, contre son large torse. Son sac à dos à fleurs, sa queue-de-cheval, sa montre rose, son énergie solaire, tout ça atterrit directement contre son cœur. Comme un feu d'artifice, un shoot de vie. L'espace de quelques secondes, elle s'enivra de l'odeur rassurante de sa transpiration, de la chaleur de ce buste, de ces battements de cœur qu'elle sentait, elle en était sûre, battre sous la toile fine de la chemise. Les bras puissants de Guillaume se serrèrent autour d'elle. Il appuya sa bouche sur le haut de son crâne, comme pour y déposer un long baiser silencieux. Le parfum de pomme de son shampooing le submergea de douceur. Le plus naturellement du monde, Diane posa ses deux mains autour de sa taille et s'abandonna à ce contact fraternel et intense. Leurs corps parcourus de légers frissons semblaient faits pour s'emboîter l'un dans l'autre, comme une évidence. Elle sentit des larmes couler silencieusement de ses yeux, immédiatement absorbées par la chemise de Guillaume.

Il n'était pas question de sexe ou de désir entre ces deux êtres aimantés. Il y avait deux âmes un peu cabossées, deux personnes tristes, seules et perdues à cet instant. Ce contact apaisa leurs blessures, comme un onguent magique.

Il y avait pourtant dans ce rapprochement plus qu'une rencontre fortuite. Il avait un goût d'abandon, de toujours et d'éternité. Il soufflait entre ces deux âmes une connivence infinie et un amour doux, fou. Leur étreinte silencieuse aurait pu durer toute la vie. C'est d'ailleurs ce qu'il sembla se passer.

C'est Guillaume qui desserra ses bras le premier, très doucement, quand il sentit le téléphone vibrer dans sa poche. Ils expirèrent tous les deux un grand coup et s'éloignèrent, se souriant timidement, en se tenant les mains, comme à regret. Le téléphone qui avait rompu le charme semblait ne jamais vouloir s'arrêter.

— C'est ma femme, s'excusa-t-il, l'air inquiet, avant de décrocher.

« Allô. Oui. C'est vrai ? Quand ça ? OK, OK, je te rejoins là-bas alors. Et les enfants ? Ta mère est arrivée ? Mais qui t'accompagne ? OK, OK. Mais ça va, toi, tu es sûre ? J'arrive aussi vite que je peux. Je t'aime. »

Il raccrocha, comme sonné.

— Ma femme a perdu les eaux, elle part à la maternité !

— Oh punaise ! Félicitations, c'est génial ! Tout va bien ?

— Oui, tout va bien, je crois juste que je ne vais pas vraiment dormir comme je l'avais prévu !

La surprise avait laissé place au bonheur et à l'excitation. Guillaume frétillait littéralement. Ça avait beau être son troisième enfant, l'envie de rencontrer un nouveau petit être humain était toujours la même.

Une fois arrivée à sa place, Diane enfila son ciré jaune et, sous le regard de Guillaume, commença à mettre de l'ordre dans son sac, dont l'intérieur ressemblait à une machine à laver après essorage.

Elle lui fit remarquer les auréoles formées par ses larmes sur sa chemise, comme un océan de tristesse sur un planisphère.

— Je suis désolée, j'ai taché votre chemise.

Il haussa les épaules.

— Après une telle journée, cette chemise n'en est plus à ça près. Je risque de la porter encore plusieurs heures à l'hôpital avant de pouvoir rentrer chez moi me changer.

Aucun d'eux n'avait compris exactement ce qui s'était joué quelques secondes avant, entre ces deux wagons de TGV, mais peu importe, ils ne se reverraient sûrement jamais. Cette étreinte indicible, incompréhensible pour qui ne l'avait pas vécue, resterait leur petit secret. Comment la raconter à qui que ce soit de toute manière, et de quelle façon ? Elle serait mal interprétée, souillée.

« Mesdames et messieurs nous arrivons en gare d'Auray… »

Guillaume se leva pour descendre la valise rouge et la déposa dans l'allée.

— Au revoir, Diane.

Elle serra la main qu'il lui présentait entre les siennes, dans un geste tendre.

— Au revoir, Guillaume. Si je vous croise une prochaine fois, je saurais d'où je vous connais maintenant, ajouta-t-elle sur un ton de connivence.

— Un frère, ça ne s'oublie pas, de toute façon, ponctua-t-il.

Ils échangèrent un dernier sourire, un peu mélancolique, et Diane s'éloigna dans l'allée. Guillaume ne la chercha pas sur le quai, la parenthèse de leur rencontre était refermée, il n'aurait servi à rien de la faire durer.

DIANE

LE TAXI ÉTAIT AU RENDEZ-VOUS. Il l'attendait dans le petit hall de la gare d'Auray avec une pancarte « TV Magazine ». Le trajet fut court ; on la déposa à l'hôtel, où on lui attribua sa chambre. En entrant dans la salle de bains, Diane vit que son mascara avait coulé, pour former deux halos grisâtres autour des paupières. Ces yeux de panda donnaient à son regard marron l'air triste d'un animal enfermé dans un zoo.

Elle repensa à la chemise de Guillaume sur laquelle elle avait déposé ses larmes et sûrement un peu de mascara. S'il venait à se retrouver impliqué dans une affaire de meurtre, ce soir, la police scientifique retrouverait son ADN à elle partout sur ses vêtements, ça ne faisait aucun doute. Elle chassa cette idée incongrue, qu'elle avait souvent, quand elle se rongeait les ongles dans le métro en laissant discrètement ses rognures sur le sol, quand elle essuyait son visage sur les serviettes de la salle de sport ou se brossait les cheveux dans la voiture d'une copine. À force de regarder des séries policières pour le boulot, c'était devenu une obsession. Déformation professionnelle.

Elle repensa à Guillaume et à cette sensation de « déjà-vu ». Elle était tellement étrange, cette rencontre. Elle regrettait de ne pas lui avoir donné son numéro de téléphone, juste pour qu'il la tienne au courant de la naissance de son bébé. Et il y avait eu cette étreinte si forte entre eux. Et ce doux baiser qu'il avait déposé sur son crâne, et qui l'avait fait tressaillir. Elle sentait encore son souffle chaud qui l'enveloppait. Elle s'était attachée si vite à cet homme et à son histoire.

Elle aurait voulu en parler à quelqu'un, mais elle ne savait pas trop à qui. Il n'y avait plus personne qui savait vraiment qui elle était à l'heure actuelle. Elle partageait une belle complicité avec ses parents, mais elle ne leur infligeait plus le récit de ses peines depuis qu'elle était en âge de sortir avec un garçon. Quant à ses amies, elle leur offrait une image filtrée d'elle-même. Une image dans laquelle elle était heureuse et épanouie dans son job, indifférente au fait de ne pas réussir à faire un bébé, encore très amoureuse d'Olivier, pleine d'énergie et d'envies d'aller de l'avant. Une image un peu dure, aussi, pour préserver son périmètre, histoire qu'on la laisse tranquille. Rien à voir avec la fille qu'elle était au fond d'elle. Une Diane paumée, qui crevait chaque mois un peu plus quand ses règles arrivaient, qui avait du mal à supporter son mec et se cachait derrière un boulot qu'elle aimait certes, mais qui ne méritait sûrement pas autant d'engagement de sa part.

Son amoureux était certainement la personne qui la connaissait le moins dans son entourage à ce jour. Elle était isolée. Ou, plutôt, elle s'était isolée pour que l'on n'appuie pas sur les plaies béantes qu'elle ne savait pas comment faire cicatriser.

Cela faisait quelques minutes seulement qu'elle était dans sa chambre et, déjà, elle en avait mis partout. Lorsqu'elle arrivait quelque part, c'était comme si une bombe explosait, ses affaires disséminées dans les moindres recoins. Elle avait déjà laissé ses chaussures à l'entrée, son ciré jaune en vrac sur une chaise, ses chaussettes en tire-bouchon dans la salle de bains, son pantalon au pied du lit. Elle avait sorti son ordinateur pour relire les notes qu'elle avait soigneusement compilées sur Thomas Coville afin d'être prête pour le lendemain. La bière faisait gargouiller son ventre vide. Pour autant, elle ne ressentait pas la faim.

Diane traînait en culotte et tee-shirt dans la petite chambre d'hôtel un peu vieillotte. Elle devinait que quelque chose évoluait en elle et que plus rien ne serait exactement pareil. C'était comme si elle avait fait un pas de côté pour regarder sa vie et qu'elle avait désormais du mal à y trouver du sens. Sa rencontre avec Guillaume n'avait pas grand-chose à voir là-dedans et pourtant, elle ne pouvait nier que cet échange, qui aurait pu être anodin, ne l'était pas. En psychologie, on appelait ça un « moment de bascule ».

Mais elle ignorait s'il s'agissait d'une chute ou d'un envol.

Elle prit son téléphone pour appeler Olivier, mais elle n'avait pas la force de parler. Elle préféra lui envoyer un SMS neutre, l'air de rien, pour prendre la température de leur relation.

« Hello ! Je suis bien arrivée à Auray. Je me couche. Bisous et bonne nuit. »

Elle attendit une réponse, les yeux fixés son écran, mais rien n'arriva. Elle vérifia ses mails pour passer le temps. Pas de messages notables. Olivier devait vraiment faire la tête. C'était son moyen à lui de la punir pour ce matin. Une façon de la faire culpabiliser encore un peu plus pour qu'elle se sente piteuse en rentrant.

Un petit caillou gris s'ajouta au mur qui s'élevait inexorablement entre eux. Diane convoqua ses souvenirs pour comprendre quand, exactement, leur couple avait déraillé.

Ils s'étaient rencontrés sept ans plus tôt grâce à un site de rencontres. C'était leur petit secret, ils trouvaient que ça n'était pas très romantique comme histoire. Ils préféraient dire qu'ils s'étaient parlé pour la première fois dans un café où Diane patientait pour une interview tandis qu'Olivier corrigeait des copies. Ça n'était pas très loin de la vérité et ça les faisait marrer. Elle avait adoré sa manière d'évoquer sa famille avec amour et respect. Elle avait été séduite par sa manière d'embrasser complètement sa double culture franco-sénégalaise en acceptant ses contradictions. Olivier avait cette attitude tellement cool de l'homme qui ne cherche pas à être quelqu'un d'autre. C'était facile d'être avec lui parce qu'il se sentait bien avec lui-même. Il n'y avait pas de sous-entendus.

Ils avaient décidé de faire un bébé ensemble. Tout leur réussissait : elle était une journaliste aguerrie, reconnue par ses pairs, il était un professeur apprécié par ses collègues et ses élèves. Ils vivaient dans un agréable trois-pièces du 19e arrondissement ; ils étaient entourés par des amis fidèles et aimants. Ils appréciaient les choses simples tant qu'ils pouvaient les faire ensemble : manger japonais, aller au cinéma, se balader sur les quais du canal de l'Ourcq. Ils nageaient dans le bonheur.

Le projet si excitant de faire un enfant ensemble avait annihilé tout ça.

L'attente et l'espoir chaque fois déçu avaient ébranlé les fondations de leur couple. Diane s'était éloignée d'Olivier en pensant le protéger. Elle ne voulait pas le « contaminer » avec ses peurs et son malheur. C'était l'inverse : plus elle dérivait, plus il doutait. Et plus il doutait, plus elle partait loin. Elle aurait voulu pouvoir parler avec lui sans craindre de le blesser. Elle avait bien réussi à ouvrir son cœur à Guillaume, pourquoi était-ce impossible de le faire avec Olivier ?

Elle rêvait d'une douche chaude pour soulager ses muscles tendus et évacuer les émotions contradictoires de la journée, mais elle y renonça, incapable de faire les deux pas qui séparaient son lit de la salle de bains. Elle régla le réveil de son téléphone à 7 h 15 avant de se glisser sous les draps, qui étaient trop amidonnés. Le poids de l'épaisse couverture en laine et du couvre-lit imprimé cachemire formait un cocon serré et lourd, elle eut l'impression de retourner dans le ventre de sa mère. Elle s'endormit aussitôt, mais passa une nuit étrange, à rêver d'une grande pièce blanche où elle hurlait sans que personne l'entende, et à se réveiller régulièrement en sueur, avec la peur de ne pas entendre son alarme et de manquer le rendez-vous du lendemain.

« Demain est un autre jour », disait Scarlett O'Hara.

« Demain est une autre vie », songeait Diane Berthau.

GUILLAUME

À PEINE DESCENDU DU TRAIN, Guillaume regretta d'avoir donné son paquet de Camel au SDF sur le quai à Paris. Un groupe d'hommes fumait sur la terrasse du café de la gare, il osa leur demander une cigarette, qu'il alluma tout de suite. La nicotine lui donna un coup de fouet. Elle était bonne, cette dernière clope, fumée à la hâte sur le parking avant de monter dans son antique 307. Elle finit par être écœurante. Derrière les effluves de tabac, il sentait encore l'odeur de shampooing à la pomme des cheveux de Diane et, contre sa bouche, la sensation de son crâne tiède.

Il écrasa son mégot du pied. Avec ce bébé qui arrivait, c'était vraiment sa dernière cigarette. Mû par une excitation à nulle autre pareille, il s'engouffra dans la voiture pour rejoindre son Elsa.

Il arriva à l'hôpital en mode pilote automatique. Il connaissait parfaitement la maternité, où étaient nés ses deux premiers enfants. Il sonna directement à la grande porte vitrée des urgences en se souvenant avec tendresse de celui qui, quelques années auparavant, avait tourné en rond plusieurs minutes avant de comprendre par où entrer. L'expérience, ça vous changeait un homme.

L'infirmière lui indiqua la chambre « Vanille », au bout du couloir. Elsa était en salle de pré-travail, un monitoring posé sur le ventre. Ses boucles auburn étaient regroupées en un chignon approximatif sur le dessus de sa tête. Elle avait une mine effrayante. Ses cernes verts et ses yeux gonflés trahissaient les heures qu'elle avait passées à pleurer sa belle-mère. Son tee-shirt gris chiné « maman cool » relevé sur la poitrine laissait apparaître son ventre bien rond. À son menton qui tremblait, Guillaume sut qu'elle était inquiète plus que de raison. Tout son visage s'éclaira quand elle vit son mari entrer dans la pièce. Son sourire se défigura pourtant instantanément en un torrent de larmes.

— Je suis désolée, mon cœur, pardonne-moi, sanglota-t-elle avant même de lui dire bonjour.

— De quoi ? Qu'est-ce qu'il se passe ? s'inquiéta Guillaume.

— Je ne voulais vraiment pas accoucher aujourd'hui… pardon.

— Mais de quoi tu parles ?

— Je ne voulais pas que ce bébé naisse le jour de l'enterrement de ta mère. Je n'ai pas assuré.

— Tu pleures pour ça ? Elsa, arrête, on va avoir notre bébé, c'est génial !

— Oui, et aussi parce que tu es fatigué : tu as enterré ta mère aujourd'hui, tu mérites de dormir un peu.

— Tu es sérieuse ?

— Oui, et parce que j'ai perdu les eaux, boum, comme ça, sans prévenir. Je n'avais pas perdu les eaux avant d'arriver à la maternité pour les deux autres, alors ça m'a fait peur. Et je suis fatiguée d'avoir pleuré et tellement déçue de ne pas avoir été là avec toi.

Elsa était ce que l'on appelle une femme forte. Elle voyait toujours le côté positif des choses, elle était dynamique et embarquait les gens dans son sillage : c'était une meneuse d'hommes. Son énergie communicative avait fait un bien fou à Guillaume, qui, lui, se sentait souvent spectateur de sa vie. Elsa ressemblait beaucoup à sa belle-mère. D'ailleurs, les deux femmes s'entendaient particulièrement bien : elles avaient la même manière un peu brute de dire la vérité avec toujours beaucoup d'amour. Elles entretenaient une belle relation, toutes les deux, et se parlaient comme une mère et sa propre fille auraient pu le faire. La douleur de perdre Anne avait ébranlé Elsa plus qu'elle n'aurait pu l'imaginer. Malgré la force de vie qu'elle portait en elle, il lui faudrait faire ce deuil petit à petit et, pour elle, la première étape était de pleurer tout son soûl.

Elle était solide, mais, quand elle craquait, c'était dans les grandes longueurs. La grossesse, le décès de sa belle-mère adorée, les enfants à gérer toute seule deux jours de suite, la rupture de la poche des eaux au moment où elle se mettait au lit dans l'espoir de dormir enfin, tout cela pesait trop lourd pour elle, si robuste fût-elle. Elle avait retenu ses larmes devant ses enfants. Elle les avait encore retenues devant ses parents, qui étaient venus à la rescousse pour s'occuper des petits et l'accompagner à la maternité, mais là, devant le visage ravagé de fatigue de son mari, elle n'avait pu se maîtriser. Il avait l'air tellement plus vieux d'un seul coup.

— Et, c'est tout ? demanda prudemment Guillaume.

— Non, ce n'est pas tout. Je suis à peu près certaine d'avoir ruiné notre nouveau matelas. Tu te rends compte que c'est la première chose à laquelle j'ai pensé : « Merde, avec quoi je vais pouvoir nettoyer le matelas ? » Vraiment, je ne voulais pas accoucher aujourd'hui.

— C'est sûr, tu avais le choix dans la date en plus ! Tu aurais pu faire un effort.

Il savait pertinemment comment la rassurer et lui rendre le sourire, c'était une des choses qu'il maîtrisait à la perfection et qui lui donnait le sentiment d'être utile sur cette terre.

Évidemment, Elsa pouffa et se calma un peu. Elle se moucha très fort, puis essuya ses joues mouillées. Guillaume l'embrassa sur la bouche, sur le front, et s'installa à ses côtés.

— Tu piques, mais je suis tellement contente et soulagée que tu sois arrivé à temps, plaisanta-t-elle en se passant la main sur le front. Je crois que j'étais en travail toute la journée et que j'ai fait un déni, de peur que tu ne sois pas là. J'ai pensé pouvoir aller me coucher comme si de rien n'était, mais visiblement le bébé avait décidé qu'il fallait que je sorte de mon délire.

— Bon, et on en est où de cet accouchement ? J'ai le temps d'aller boire une bière ou je dois rester ?

— Une bière, n'y compte pas avant le petit-déj. Le sage-femme m'a dit qu'il allait me transférer en salle d'accouchement. Tu sens l'alcool et la cigarette, d'ailleurs…

— J'ai fumé comme un pompier à Paris. « Le » sage-femme ? releva Guillaume pour ne pas avoir à se justifier plus.

S'il expliquait la bière, il allait devoir raconter Diane et tout le reste. Cette rencontre avec elle paraissait si évidente et si intime que la formuler à l'oral, avec des mots forcément maladroits et réducteurs, aurait été la profaner. De toute façon, ça n'était pas le moment.

— Oui, LE sage-femme, Loïk. On peut dire maïeuticien aussi, mais on ne va pas faire une disserte, si ? Le travail avance vite, je suis déjà à 3 et là, tu vois, j'ai une contraction qui arrive.

Elsa se redressa un peu sur ses bras et se retira à l'intérieur d'elle-même pour accueillir la contraction. Elle inspirait et expirait bruyamment, les yeux fermés, tout en serrant entre deux doigts un point d'acupuncture situé près du pouce. Elle canalisait magistralement la douleur, mais elle avait besoin qu'on lui fiche une paix royale, et son mari savait ça mieux que personne.

Loïk entra dans la pièce. En regardant Elsa, il chuchota à Guillaume :

— Elle m'impressionne, votre femme, je sais que ce n'est pas son premier, mais quand même !

Guillaume l'apprécia tout de suite, ce sage-femme, un grand métis avec des yeux malicieux, une boucle d'oreille de chaque côté, un crâne rasé de près, un bouc parfaitement taillé et une voix bien grave. Tout en lui respirait la justesse et la bienveillance. Il ne put s'empêcher d'être super fier d'Elsa, qui naviguait avec beaucoup de courage à chacun de ses accouchements. Oui, cette femme au chignon fou et au ventre si rond, celle-là même qui allait donner la vie dans quelques heures, était bien la sienne. Il l'avait choisie il y a longtemps, bien avant même qu'elle ne le remarque, et elle lui avait dit oui. « Lucky me », pensait-il souvent. Enfin, les jours où elle ne l'enquiquinait pas trop à lui faire des reproches sur telle ou telle chose qu'il ne faisait pas comme il fallait. Ou, plutôt, comme elle, elle les faisait.

— Ça devient costaud, constata Elsa.

— Je vous enlève le monito, le travail avance très vite, c'est l'avantage quand on a déjà eu des bébés. Vu comme vous vous débrouillez, vous ne voulez pas essayer sans péridurale ? suggéra Loïk.

— D'accoucher ?

— Oui, je suis sûr que vous y arriveriez facilement.

— J'étais à deux doigts de vous demander en mariage, car vous m'avez dit juste avant qu'on allait pouvoir poser la péri bientôt, mais là, vous me décevez. Visiblement, vous n'avez jamais eu de contractions, sinon vous ne proposeriez pas ça, se moqua Elsa.

— C'est vous qui choisissez ! Allez, on va filer en salle d'accouchement.

Pendant que l'anesthésiste de garde posait la péridurale, Guillaume était invité à patienter tranquillement dans la minuscule salle d'attente beige de la maternité. On racontait que la taille de l'aiguille utilisée était tellement impressionnante que les papas, en la voyant, se mettaient à paniquer, ce qui n'était pas fait pour rassurer les futures accouchées – à qui l'on cachait également soigneusement le pot aux roses.

Dans la petite pièce sans fenêtre, Guillaume retrouva Jacques, le père d'Elsa, qui attendait sagement en jouant au solitaire sur son téléphone.

Jacques se leva et le prit dans les bras. Il avait les traits tirés et l'air préoccupé, lui qui d'habitude ne laissait pas grand-chose paraître.

— Jacques, je ne savais pas que vous étiez encore là ! Je vous croyais parti pour retrouver Jeannick et les enfants.

— Tu croyais vraiment que j'allais abandonner ma fille seule à l'hôpital ? J'attendais d'être sûr que tu sois arrivé pour partir.

— C'est gentil. On lui pose la péridurale, j'ai été mis à la porte de la salle d'accouchement.

— Ah, très bien, ça avance alors ! On a fait aussi vite qu'on a pu quand elle nous a appelés. J'ai sauté dans mon pantalon pour la récupérer chez vous et Jeannick avait déjà un sac avec toutes les affaires prêtes pour s'installer dans votre maison, au cas où. C'était sa valise maternité à elle, comme elle dit !

— Quelle organisation, vous m'impressionnez.

Les parents d'Elsa avaient eu quatre enfants, mais ils étaient tous partis vivre à plusieurs centaines de kilomètres de Lorient. Sauf Elsa, la petite dernière de la fratrie, qui était restée. Elle ne partirait jamais, d'ailleurs, elle avait prévenu Guillaume quand il était encore à Paris et que leur relation devenait un peu plus sérieuse : « Je suis née ici, mes parents sont ici, mes amis sont ici, mon océan est ici, tu ne me feras jamais aller à Paris juste parce qu'il y a du travail là-bas. » Elle aurait vu son départ de Bretagne comme un abandon, et elle ne voulait pas vivre loin d'eux. Ses parents lui rendaient bien son attachement, en étant extrêmement présents pour elle et sa famille, mais, parfois, cette proximité avait d'autant plus fait ressentir à Guillaume le manque de sa mère, qui habitait à 500 kilomètres de là.

— Ça s'est bien passé ?

— L'enterrement ?

— Tu sais, on est vraiment désolés de ne pas avoir pu être là.

— Oui, ne vous inquiétez pas, il y avait un monde fou. Ma tante a tout géré. C'était une belle cérémonie, je crois que ça lui ressemblait. Moi, je vous suis surtout reconnaissant d'être restés pour Elsa et les enfants, vous voyez, vous avez bien fait !

Jacques posa sa main sur l'épaule de son gendre. Son regard parlait pour lui, il avait souvent du mal à trouver les mots. « On t'aime, mon garçon, on appréciait bien ta maman aussi et on partage ta souffrance.

Tu n'as plus de parents maintenant, mais tu peux compter sur nous, on sera là pour toi, quoi qu'il arrive. » Voilà ce que Guillaume lisait dans les yeux de son beau-père, dans le silence de cette salle d'attente riquiqui et surchauffée.

— Merci pour tout, Jacques, rentrez à la maison, je vous appelle quand le bébé est né. Promis, vous serez les premiers !

— Tout va bien se passer, mon grand.

— Votre fille est douée pour mettre au monde de beaux bébés ! Pas vrai ?

— Elle a de qui tenir, hein ?

— Tout à fait !

Jacques prit congé avec un air absent, il ne dormirait pas beaucoup cette nuit.

Guillaume fut soulagé d'être seul quelques minutes. À cet instant, il n'était responsable de personne. Ses enfants étaient avec leur grand-mère, sa femme avec l'anesthésiste, il pouvait souffler, sans arrière-pensées. Il sentit fortement la présence de sa maman. Elle qui avait vécu les accouchements de ses deux premiers petits-enfants dans un stress intense. Elle lui avait raconté par la suite que, tant qu'elle n'avait pas eu la confirmation d'une naissance sans souci, elle avait mal au ventre et ne pouvait ni manger ni dormir. Sachant qu'il y avait eu dix-huit heures d'attente entre l'arrivée d'Elsa à la maternité et la naissance de Timothée, leur fils aîné, on pouvait imaginer l'agitation de la future mamie quand elle avait enfin reçu l'appel lui annonçant la bonne nouvelle... Les accouchements des gens qu'elle aimait la mettaient dans un état de nerfs ingérable, c'était comme ça et elle n'y pouvait rien.

Guillaume aurait tout donné pourtant pour l'appeler et lui dire : « Ça y est, ton troisième petit-enfant est en cours d'atterrissage. Essaye de dormir et fais-nous confiance, tout va bien se passer. » Il aurait tellement aimé pouvoir lui annoncer le sexe du bébé, le prénom choisi, les mensurations parfaites. Lui parler du courage d'Elsa. Partager sa joie d'être père à nouveau.

Il sortit son téléphone de sa poche pour composer le numéro de portable de sa mère. Il avait lu un livre dans lequel le héros avait continué à payer l'abonnement téléphonique de sa femme pendant des années, juste pour pouvoir entendre sa voix sur son répondeur. Maintenant qu'il y pensait, cela faisait sens. Il tomba automatiquement sur le message d'accueil, le ton était sec et un peu ailleurs. Elle n'aimait pas parler dans le vide : « Bonjour, vous êtes sur le répondeur d'Anne Charles, absente pour le moment, vous pouvez me laisser un message. Merci. » Son merci claquait comme un « compris ? » un peu autoritaire. C'était terriblement elle, cette voix cinglante qui cachait pourtant plein d'empathie. Guillaume raccrocha après le bip, le cœur encore plus vide.

Par réflexe, il resserra les mains sur son imperméable, qu'il tenait replié sur ses jambes. Il sentit quelque chose de rigide qui n'était ni son téléphone, ni son porte-monnaie. Il fouilla dans la poche et sortit un carnet rose. Celui dans lequel Diane avait tant écrit au début de leur voyage. Ce même carnet qu'il avait retrouvé par terre lors de son inspection des sièges, juste avant d'arriver en gare. Il l'avait glissé machinalement dans sa poche en se demandant ce qu'il allait pouvoir en faire.

Il regarda attentivement la couverture rose bonbon tout abîmée à force d'avoir été trimballée. Il hésitait à l'ouvrir. Il aurait l'impression d'entrer chez elle par effraction. Pourtant, il ne la reverrait jamais, et le carnet aurait tout aussi bien pu finir dans les poubelles de la SNCF. S'il le lisait, personne ne le saurait. L'homme qu'il était il y a seulement quelques jours n'aurait jamais osé faire ça. Celui qui avait enterré sa mère, rabattu le caquet à un contrôleur misogyne, partagé un fou rire et une accolade avec une inconnue, et qui allait devenir papa pour la troisième fois, tout ça dans la même journée, décida de s'en donner l'autorisation.

Les mains peu assurées, il l'ouvrit. Une écriture nerveuse et irrégulière s'étalait au fil des pages, dans toutes les couleurs de l'arc-en-ciel. Lire cette femme multicolore en noir et blanc aurait été surprenant. C'était fouillis, difficilement compréhensible et, pourtant, c'était on ne peut plus clair. Les pans les plus intimes de la vie de Diane apparurent sous ses yeux. Ses dates de cycle menstruel, sa température corporelle au réveil, ses jours d'ovulation selon les tests pharmaceutiques, la consistance de ses sécrétions corporelles, le pointage de ses relations sexuelles… Tout y était méthodiquement consigné. Guillaume referma le carnet d'un coup sec. Il se sentait honteux d'avoir osé pénétrer ainsi la vie de la jeune femme. Il ne la connaissait pas, il n'avait pas le droit. Même s'il l'avait connue un peu plus, cela ne se faisait pas. Il se souvint de la crise de sa cousine Léa à 10 ans quand elle avait découvert que son frère avait lu son journal intime lors de vacances chez lui en Bretagne. Elle était entrée dans une rage incroyable et avait pleuré de longues heures. Il imaginait bien que le petit cahier de Diane n'avait pas vocation à être lu par une autre personne qu'elle, et, pourtant, malgré sa honte, il ne put s'empêcher de le consulter à nouveau, sans savoir exactement ce qu'il y cherchait.

Parmi toutes les pages griffonnées, il y en avait une où Diane s'était appliquée, où son écriture s'arrondissait, se calmait.

Une colonne pour les prénoms de garçon :
Léo
Eliott
Lino
Nino
Sacha
Armand
Hadrien
Titouan
Malo
Marin
Maël

Une colonne pour les prénoms de fille :

Lisa
Lola
Elea
Lily
Hannah
Alma
Chloé
Hisaé
Élie

Guillaume s'attarda sur ces petits trésors patiemment récoltés. Si cette rencontre avec Diane avait tout du hasard, il savait, en lisant ces prénoms, que sa vie en garderait une trace indélébile.

J'ai trouvé l'eau si belle...

ÉLISABETH

ÉLISABETH DEVAIT LIBÉRER LA SALLE. Mme Gabard se sentait bien, malgré la fatigue, et le petit Fabrice avait bu son premier biberon sans encombre. Le papa, lui, était parti chercher la valise oubliée sur le parking de leur immeuble suite à leur départ précipité à la maternité. Un grand classique.

Élisabeth regagna le poste et appela les suites de couches pour qu'ils envoient quelqu'un s'occuper du transfert de Mme Gabard et de son nourrisson. « Et descendez-nous nos berceaux, bon sang, on se croirait en URSS ! J'attends au moins trois gosses cette nuit, je ne vais pas les coucher dans la paille, quand même ! »

C'était maintenant au tour de la future maman des jumeaux, qu'il faudrait installer si besoin en salle de travail.

Élisabeth attendit Dédé pour prendre connaissance du dossier et relire les notes de Cacou :

Sylvie Blanc - 25 ans – primipare - gémellaire - arrivée à 17 h 20 à 38 SA examen OK avec 2 battements de cœurs distincts OK – contractions + - TA 14-10, dernière écho à 35SA avec 2 bébés tête en bas.

Les constantes étaient bonnes, un poil trop de tension peut-être, mais c'était souvent le cas chez les futures accouchées quand elles arrivaient à l'hôpital.

Avec les gémellaires, c'était quitte ou double, sans faire de mauvais jeu de mots. Soit tout se passait sans accroc et les bébés prenaient le toboggan en file indienne comme des lettres à la poste, soit on allait de complication en complication. La présence d'un obstétricien était donc nécessaire.

Élisabeth et Dédé entrèrent dans le box. La future maman allongée semblait cachée derrière une montagne. Son ventre rond emplissait tout l'espace. Deux petits êtres se cachaient à l'intérieur. Même pour une sage-femme et une infirmière rodées, ça restait fascinant ! Comment le corps d'une femme pouvait-il accueillir deux fœtus à terme et continuer à fonctionner comme si de rien n'était – ou presque ? À son côté, son mari lui tenait la main tout en lisant distraitement *Le Nom de la rose*.

— Bonjour, madame Blanc, je suis Babette, la sage-femme de garde, vous connaissez déjà Dédé, qui est l'infirmière de garde. Vos constantes sont bonnes, comment vous sentez-vous ?

— Très enceinte, très lasse, j'ai hâte que ça se termine ! Mais ça va.

— Moi aussi, glissa son mari… Vous n'êtes pas en grève ? ajouta-t-il en désignant sa poitrine.

— Si, mais vous êtes à l'hôpital public, et nous sommes réquisitionnées, comme vous le voyez ! Je proteste pour que les bébés que l'on va faire naître ici puissent bénéficier d'un service public de qualité. Mais si je ne suis pas là, ça va être plus compliqué de faire tourner la maternité, pas vrai ? Alors on va tout faire pour que cet accouchement se passe bien. Aucune douleur en dehors des contractions ?

— Non.

— Pas de perte de sang ? Pas de perte de liquide ? Des nausées ? Des vertiges ? Pas de fourmi ?

Sylvie Blanc répondit par la négative à chaque question. Tout semblait rouler parfaitement. Après examen, Élisabeth constata que le col était dilaté à 2.

— Dédé, tu installes madame Blanc en salle d'accouchement dès qu'elle est libérée. Tu vérifies aussi que les suites de couches nous descendent bien un berceau double et qu'ils nous rendent aussi ceux que l'on a habituellement à la nurserie. Monsieur, vous pouvez rester avec votre femme pour le moment, mais, pour les jumeaux, on demande au papa de retourner en salle d'attente pendant la fin du travail.

Le futur père sembla à la fois inquiet et soulagé d'entendre cette nouvelle. Ne souhaitant pas les quitter sur cette idée légèrement angoissante, Élisabeth fit un brin de conversation pour détendre l'atmosphère. C'était son truc en plus à elle, les faire parler pour qu'ils se sentent en confiance. Et elle le faisait plutôt bien.

— Vous connaissez les sexes ?

— Oui, nous en avons un de chaque, on a pu voir ça lors des échographies. C'est incroyable quand même, cette technologie, répondit M. Blanc.

— Tout le monde n'a pas le droit à l'écho, mais, avec les jumeaux, ça nous aide bien ! Un garçon et une fille, c'est parfait, ça ! Le choix du roi en une seule fois, vous êtes gâtés ! Et vous avez trouvé les prénoms de ce petit monde ?

— Oui ! se réjouit la maman.

— Enfin, vu que tu changes d'avis toutes les dix minutes, je m'attends à tout ! rebondit malicieusement le papa.

— Et vous avez décidé quoi ? demanda avec curiosité Élisabeth, qui aimait bien savoir avec qui elle avait rendez-vous.

— Motus et bouche cousue, répliqua Sylvie Blanc.

— Elle ne vous dira rien, même sous la torture ! plaisanta son mari.

— Je comprends. De toute façon, vous serez bien obligés de me le révéler quand ils seront là, répondit Élisabeth en faisant un clin d'œil.

— Il paraît qu'on a trois jours pour les déclarer à l'état civil, alors rien n'est gagné avec elle.

— Je lis le même que vous, enchaîna Élisabeth en désignant le livre d'Umberto Eco dans la main du futur papa. Ça vous plaît ?

— Au début, oui, mais, depuis qu'on est là, ça fait quatre fois que je relis le même paragraphe sans rien y comprendre…

L'ambiance étant plus détendue, Élisabeth sentit qu'elle pouvait laisser ce petit couple attachant. La future maman s'inquiétait juste ce qu'il fallait, le papa aussi, mais ils avaient une bonne dose d'humour, ce qui était toujours un plus dans pareille situation. Le mari affichait un air détaché, pourtant il était présent et concerné, ça n'arrivait pas tous les jours. Elle rencontrait plus souvent des hommes qui déposaient leur femme avec leur valise et qui passaient un coup de fil douze heures plus tard pour savoir si « ça y était ». Elle les aimait déjà bien, tous les deux. Elle, avec son énorme ventre et sa sincérité. Lui, qui semblait si impatient de rencontrer ses enfants et regardait sa femme ascendant baleine avec une lueur intense d'amour.

En sortant de la chambre, Élisabeth fut prise de nausées. Le travail à la maternité et à l'hôpital en général avait cette capacité à lui faire oublier sa propre vie. Pendant tout ce temps passé avec Mme Blanc, elle n'avait pas pensé une seconde à ses soucis à elle. Elle avait mis de côté le fait qu'elle était enceinte – sûrement depuis plus longtemps qu'elle ne l'imaginait –, qu'elle avait plaqué son amant, qu'elle en mourait de douleur, qu'elle allait devoir choisir de garder ou non ce bébé, qu'elle avait envie de vomir tout le temps, qu'elle se sentait à l'étroit dans son soutien-gorge. Elle n'avait pensé qu'à la patiente, à son travail de sage-femme qu'elle aimait tant.

Plus que d'accompagner les femmes sur ce chemin parfois épineux, elle affectionnait les échanges avec les parents. Et, plus encore, la rencontre avec le petit être auquel elle contribuait à donner la vie. L'émotion qu'elle ressentait à chaque naissance ne pouvait être comparée à aucune autre. Systématiquement, elle avait le cœur qui accélérait quand elle sortait un bébé du ventre de sa maman. Ceux qui naissaient les yeux grands ouverts en la regardant au fond de l'âme la touchaient particulièrement. L'odeur unique et âcre du sang mélangé au liquide amniotique qui accompagnait la mise au monde d'un bébé donnait à l'accouchement un côté très terre à terre. Elle se sentait comme un artisan de la vie, elle avait le sentiment d'assister Dieu dans son ouvrage, même si elle n'était plus trop sûre de croire en son existence.

La voix de Christian lui arriva depuis le poste de garde. Cacou avait raison : pour Charlie, l'anesthésiste n'avait pas traîné.

La boule dans la gorge de la jeune femme se reforma, plus grosse qu'elle n'avait jamais été. Elle avala difficilement sa salive et s'approcha de la porte ouverte. Il était debout, de dos, au téléphone avec les urgences. Sa longue silhouette aux larges épaules soulignées par sa blouse blanche, sa tignasse brune semée d'argent, sa voix grave et chaude, son cou bronzé, ses doigts qui entortillaient le fil nerveusement, son parfum, Habit rouge de Guerlain. Ce salaud était beau, même de dos. Tout cela était si familier pour Élisabeth qu'elle dut résister à l'envie de se blottir contre lui.

Elle le contourna pour aller jusqu'à la petite table, où elle se versa un café dans une tasse à motif myosotis. En anglais, cette fleur se disait «*forget me not*». « Ne m'oublie pas. » En prenant garde à rester de dos pour boire, Élisabeth songea qu'il était impossible de l'oublier en l'ayant sans cesse sous les yeux.

La réciproque était vraie. Au changement de ton de Christian, elle sut qu'il l'avait vue et que cela remuait des choses en lui. Il bégaya plusieurs fois et s'éclaircit la gorge pour donner des instructions pourtant classiques. Il était sincère, il l'aimait, elle le savait. Il finit par raccrocher avec une impatience maladroite. Avant de lui laisser prendre la parole, Élisabeth se retourna brutalement :

— Charlie est en salle d'accouchement n° 2. Elle est dilatée à 3 et t'attend avec impatience.

Christian de Bourg resta silencieux, en proie à une tempête intérieure intense. Il dévisagea Élisabeth, comme s'il espérait autre chose.

— On y va ? lança-t-elle tout en se dirigeant vers le couloir.

Debout, encore plus minuscule que d'habitude, cramponnée au cou de Michel, qui lui rappelait de souffler, Charlie exhalait sa souffrance dans un râle qui semblait venir des entrailles de la terre.

La sage-femme et le médecin anesthésiste attendirent pudiquement côte à côte que la vague de la contraction passe. Pour une autre patiente, ils auraient commencé à mettre en place le matériel, mais c'était Charlie.

Élisabeth sentait l'aura magnétique de son ex-amant à seulement quelques centimètres d'elle. Leur attraction n'avait apparemment pas reçu le mémo concernant leur rupture.

Une fois la contraction terminée, Charlie se tourna vers eux :

— Docteur de Bourg, je vous déteste, presque autant que je déteste Michel de m'avoir mise enceinte, pour m'avoir fait patienter aussi longtemps ! Vous étiez où, bon sang ?

C'était sûrement la première fois qu'un patient ou même que quiconque dans cet hôpital se permettait de parler au docteur de Bourg de cette manière. Pourtant, il lui répondit tranquillement.

— J'étais occupé sur une opération, un vilain accident de moto avec deux blessés graves, mais, dès que j'ai su que vous étiez en salle d'accouchement, j'ai volé vers vous, Charlie, vous pensez bien.

— Bon, ça va pour cette fois et parce que je suis quand même super contente de vous voir. Pour être honnête, j'hésite entre une péridurale et une euthanasie, je suis là depuis ce matin, il faut que ça cesse d'une manière ou d'une autre.

Charlie fut saisie d'une nouvelle contraction extrêmement forte. Elle se pendit à nouveau au cou de Michel.

— Va pour la péridurale, je ne veux pas avoir à me passer de ma meilleure infirmière anesthésiste. Égoïsme de médecin purement intéressé, vous comprenez.

— Le travail s'accélère, constata Élisabeth, il ne faut pas traîner. Michel, je prends la main. Je vais te demander de sortir le temps que l'on pose l'anesthésie. Je reviens te chercher dès qu'on a terminé.

Le docteur de Bourg prépara la péridurale avec l'aide d'Élisabeth, puis, une fois Charlie calmée, on la fit asseoir sur le bord de la table d'accouchement. Courbée vers l'avant, le ventre entre les cuisses, elle s'abandonna dans les bras de son amie, supportant stoïquement les contractions de plus en plus rapprochées. La première piqûre d'anesthésie locale lui fit monter les larmes aux yeux, pourtant elle ne cilla pas. Ce n'était pas l'envie qui lui manquait, mais elle savait mieux que personne l'importance de rester parfaitement immobile durant la procédure. Chaque mouvement risquait de provoquer une douleur supplémentaire et de rallonger les choses. Heureusement, de Bourg maîtrisait parfaitement le processus et la péridurale fut posée aussi rapidement que possible.

Les traits crispés de Charlie se détendaient à mesure que le liquide se diffusait dans son corps. En quelques minutes, elle avait repris figure humaine.

Dédé entra à ce moment-là pour prendre des nouvelles de Charlie, qu'elle n'avait pas encore vue depuis le début de sa garde. Elles s'entendaient bien, toutes les deux, entre infirmières, on se serrait les coudes.

— Alors, c'est comment la péri, Charlie ?

— C'est incroyable, Dédé. Il faut que le monde sache, on devrait proposer ça à toutes les femmes. J'ai l'impression de ne plus être la même personne qu'il y a dix minutes. C'est bon, vous pouvez ranger la camisole et le cyanure, je ne sens plus rien, je vais accoucher dé-ten-due !

— C'est vrai, tu ne sens plus du tout les contractions ?

— Rien de rien !

Le docteur de Bourg et Élisabeth prirent congé de Charlie, la laissant aux bons soins de Dédé. Alors qu'Élisabeth repartait vers la salle d'attente pour chercher Michel, de Bourg lui saisit le poignet. La sensation de sa main chaude et familière électrisa tout son corps.

— Tu me payes un café ?

Sa raison dictait « non », mais son corps vibrait si fort devant le regard suppliant de son ex-amant qu'elle murmura un petit « viens ». Ils s'étaient pourtant tout dit quelques jours auparavant, mais peut-être avait-il réfléchi et changé d'avis ?

Ils entrèrent dans le poste de garde, de Bourg ferma la porte derrière eux et s'y adossa, suivant chaque mouvement d'Élisabeth dans la pièce avec un air triste. Elle pouvait sentir son regard la brûler là où il se posait. Elle prépara un nouveau café avec la même application qu'elle alignait ses instruments avant chaque naissance. Vider le liquide brun dans l'évier, laver le pot, remplir la cafetière d'eau, plier le filtre soigneusement, l'installer, ouvrir la boîte en métal Jacques Vabre – celle où l'on voit sur chacune des faces le soldat, le maître d'école, le notaire et le paysan savourer leur petit noir –, mettre sept dosettes de poudre dans le filtre, refermer la cafetière.

Au moment où elle appuya sur le bouton « marche », elle sentit le souffle tiède de son amant, qui s'était rapproché sans qu'elle l'entende, trop occupée qu'elle était à réprimer son envie de l'embrasser à pleine bouche.

Il posa la sienne sur sa nuque, dans un baiser moite qui la fit frissonner. Elle sentit ses mains si précises de médecin se loger de chaque côté de ses hanches pour les rapprocher des siennes. Elle sut instantanément qu'elle ne pourrait pas résister. Qu'elle ne le voulait pas, d'ailleurs. Elle tremblait d'amour et de désir pour lui, elle n'avait aucune possibilité de dire non quand il était aussi entreprenant.

Il chuchota à son oreille : « Je t'aime, je t'aime, je t'aime, je ne peux pas te perdre. »

Il remonta vers sa poitrine pour caresser doucement ses tétons à travers le tissu, avant de continuer son exploration. Vaincue, elle le laissa promener ses mains partout où il voulait sous son pyjama rose. Elle s'abandonna complètement aux envies de cet homme qui connaissait son corps par cœur et lui donnait méticuleusement du plaisir d'un simple mouvement de va-et-vient de la pulpe de son index. Elle eut une conscience aiguë de l'orgasme qui prenait possession de toutes ses cellules, remplissant au passage le vide abyssal laissé par leur rupture. Elle se sentait aimée, démesurément. Elle jouit rapidement, tellement vite qu'elle ne fut pas rassasiée de lui.

Elle se retourna, le suppliant de ne pas arrêter. Ses baisers disaient à quel point elle lui avait manqué. Elle murmura : « Viens. » Ses yeux à lui brillèrent d'une lueur folle. Il fit habilement glisser son pantalon et la souleva d'un geste précis pour l'asseoir sur la table. D'un premier coup de reins, il libéra le désir ardent qui les consumait.

Ils firent l'amour comme des noyés, comme si c'était la première fois, comme si c'était la dernière, reprenant à peine leur souffle entre deux soupirs d'abandon. C'était brutal et doux. Court et intense.

Quand ils desserrèrent leur étreinte, la cafetière était pleine. La petite salle de garde sentait l'amour et l'arabica. Dans le silence, le feu aux joues, Élisabeth leur servit deux tasses.

C'est lui qui ouvrit le feu après sa première gorgée :

— Je ne veux pas vivre sans toi. Je n'y arrive pas.

— Moi non plus.

— J'ai cru crever ces derniers jours, je croyais te voir dans chaque couloir, je suis passé devant chez toi en voiture une dizaine de fois en espérant te croiser dans la rue... Élisabeth, bordel, on s'aime, non ?

— Oui, on s'aime.

— Alors pourquoi tu me quittes ? On n'est pas bien ensemble, toi et moi ?

— Si, évidemment. Mais c'est plus compliqué que ça, tu le sais bien.

— Je t'aime, tu m'aimes, on ne peut pas se passer l'un de l'autre, je trouve autant de temps que possible pour être avec toi… Je fais tout pour toi, Élisabeth, je te jure.

Elle planta son regard au fond de sa tasse, espérant y lire une réponse, un signe. Cet idiot de café se contentait de refléter le néon allumé au-dessus de sa tête. Voir cet homme habitué à commander tout le monde en train de la supplier aurait pu être jouissif, mais ses mots sonnaient creux dans son cœur.

Il s'approcha d'elle pour la prendre dans ses bras.

— Je t'aime, on est bien, ne gâche pas tout, mon amour, je t'en supplie. Ne me laisse pas pour un bébé que l'on n'a même pas voulu. Tu ne le désires pas vraiment, toi non plus, cet enfant, sois honnête.

Le nez dans la blouse de son amant, Élisabeth inspira à pleins poumons l'odeur de détergent si typique de l'AP-HP. Ça lui piquait la gorge. Ou alors c'était autre chose. Ses yeux piquaient aussi. Ne pas pleurer, ne pas crier, pas maintenant.

On entendit au loin le chariot de Dédé arriver dans le petit couloir, Christian relâcha son étreinte, l'embrassa prestement sur la joue et la laissa plantée dans sa salle de garde.

Une partie d'elle venait de s'éteindre.

DIANE

AVOIR LA GUEULE DE BOIS SANS AVOIR BU, voilà qui résumait bien l'état de Diane à son réveil dans la petite chambre d'hôtel après une nuit plus qu'agitée. La simple bière tiède bue la veille dans le wagon-bar ne pouvait être responsable de son mal de tête ni de sa difficulté à ouvrir les yeux.

Elle se sentait libérée d'un énorme poids. Elle ne savait pas exactement ce qu'elle voulait, mais elle était certaine de savoir ce qu'elle ne voulait plus. Seulement, cette prise de conscience allait devoir s'accompagner de tant de décisions violentes et de logistique qu'elle en était fatiguée par avance. Toutes les visions du futur lui faisaient peur, tout avait l'air si compliqué et exténuant. C'était perturbant et angoissant. Elle aurait voulu s'endormir et se réveiller six mois plus tard avec une situation réglée. Pour l'heure, il fallait surtout qu'elle se presse pour boucler sa valise avant de descendre avaler quelque chose. Elle regretta de ne pas avoir commandé de petit-déjeuner en chambre, mais elle savait que, si elle commençait à s'enraciner dans son lit, elle aurait beaucoup de mal à bouger.

Elle prit un café noir sucré, trois pancakes à la confiture de mûres et une salade de fruits frais qu'elle engouffra avec appétit, seule dans une véranda face à un joli jardin où le jour se levait lentement. Le temps pluvieux d'hier avait laissé place à un ciel dégagé où la lumière du soleil grandissait. Elle entendait les oiseaux qui chantaient, ignorant l'arrivée de l'automne. Elle trouva qu'ils avaient bien raison. Comme eux, elle allait devoir affronter une saison moins clémente, mais elle comptait bien profiter de cette belle journée pour faire des provisions de soleil et de bonne humeur, avant de devoir faire face à ce qui serait bientôt l'hiver le plus rigoureux de sa vie. La lumière bretonne s'étendit mollement dans le petit jardin, comme on s'étire au réveil, et ses rayons vinrent frôler la nappe juste à côté de sa tasse. Diane eut l'impression que le soleil voulait lui dire quelque chose et cette idée lui fit beaucoup de bien.

Elle savait la direction, restait à dessiner le chemin.

Quelques heures plus tard, elle naviguait en mer sur un zodiac nerveux. Engoncée dans plusieurs couches de vêtements marins, elle ne se sentait pas du tout à son aise. Avant d'embarquer sur *Sodebo Ultim'*, les journalistes invités avaient eu le loisir de prendre un café et de croquer quelques mini-viennoiseries. Ils rêvaient d'interviewer Thomas Coville, le marin qui venait de battre deux records : d'abord celui du tour du monde à la voile en multicoque, puis celui de la traversée de l'Atlantique Nord d'ouest en est. Tous étaient excités et impatients de monter à bord de l'immense trimaran avec lequel ces records avaient été battus. Les *Ultim'* se comptaient sur les doigts d'une main, c'était un privilège de pouvoir naviguer sur l'un d'eux. Diane n'avait pas vraiment faim après son festin du matin, mais elle suivit le conseil de l'attachée de presse, une jeune femme blonde et dynamique qui devait avoir son âge : « Faites des provisions, il vaut mieux avoir le ventre plein pour affronter ce géant des mers ! »

Elle n'avait pas encore posé le pied sur le trimaran que le stress était déjà à son comble. Pour elle en tout cas, car les six autres journalistes présents semblaient tout à fait à leur aise et taillaient le bout de gras. Habituellement, Diane était de toutes les conversations dans ce genre d'événement. Elle ne ressentait aucune gêne à parler plus que de raison avec des inconnus. Sur ce bateau à moteur inconfortable qui filait sur la mer, elle ravalait silencieusement une peur sourde. L'accumulation des vêtements pour affronter les intempéries lui donnait la désagréable impression d'être entravée. Ça lui rappelait les cours de ski quand elle n'avait que 5 ans. Ses parents la déposaient au point de rendez-vous des flocons de l'École de ski français et elle se sentait extrêmement seule, complètement abandonnée. Elle n'avait jamais autant regretté d'être fille unique que dans ces moments-là. Impuissante et immobilisée par deux pulls en laine et un anorak fuchsia, vert et violet, un accord de couleurs comme seules les années 1980 avaient su en créer, elle éprouvait un sentiment de vulnérabilité qui atteignait des sommets. Elle ne parvenait à plier les bras qu'au bout d'un effort intense pour lutter contre les épaisseurs. Elle pouvait encore sentir la morve qui coulait de ses narines rougies par le froid et le contact râpeux et inutile sur sa peau de sa moufle qui prenait l'eau. À près de 35 ans, toujours sans mouchoirs dans sa poche, elle essuya discrètement la goutte qui lui pendait au nez à cause du vent frais. Elle ne serait décidément jamais une vraie dame.

Ses compagnons de voyage s'agitèrent. « Là-bas, regardez ! » « Il est là ! » « C'est dingue comme il est grand ! » Un instant, elle crut rêver devant tant de grâce, mais non, cette silhouette élancée qui régnait sur l'océan n'était pas un mirage. Invisible quelques secondes plus tôt, *Sodebo Ultim'* empêchait quiconque de poser le regard ailleurs que sur lui tant il captivait par sa majesté.

Les journalistes poussaient des « ooooooh » et des « aaaah » d'admiration face à ce géant qui volait sur l'eau. Malgré la distance de plusieurs centaines de mètres, sa vitesse ne laissait aucun doute sur sa puissance. Le bateau à moteur, qui naviguait déjà très vite, se mit dans le sillon du géant, puis accéléra pour le rattraper, à la manière d'un chaton maladroit qui court après sa mère. Plus le convoi des journalistes s'approchait, plus l'excitation montait, plus Diane rétrécissait. Elle rêvait littéralement qu'on lui annonce : « Nous sommes désolés, la météo est trop mauvaise, vous n'allez pas pouvoir monter sur le bateau », mais le ciel dégagé et le vent léger, quoique bien présent, offraient toutes les conditions pour une sortie de voile parfaite. Elle voyait l'immense trimaran grandir dans son champ de vision de manière inexorable. Elle n'aimait pas franchement la mer ni la voile, mais elle avait toujours réussi à passer outre ses appréhensions parce que, une fois la peur surmontée, elle passait de merveilleux moments. À cet instant, sa peur fut proportionnelle à la taille du bateau : 31 mètres de long pour 22 mètres de large avec un mât de 35 mètres. Cette trouille de 35 mètres de haut se traduisit en fourmis : elles attaquèrent d'abord ses mains et ses pieds, puis remontèrent méthodiquement jusqu'au cœur pour finalement arriver au cerveau. Elle les sentait grouiller sans pouvoir endiguer l'assaut. Ça bourdonnait sévèrement dans ses oreilles. Elle était assise et ne pouvait faire aucun geste, paralysée par les picotements qui avaient pris possession de chacune des parcelles de son corps. Elle ne parvenait pas à formuler une seule pensée cohérente à part : « Je vais mourir, si je bouge, je vais mourir. »

Son voisin, un journaliste quinquagénaire du journal *Ouest-France* dont elle n'avait pas retenu le prénom, se mit face à elle et lui dit des mots qu'elle ne comprit pas. Elle eut à peine le temps de formuler l'idée qu'elle allait peut-être y passer, avant de se rendre compte que sa situation ressemblait en tout point à la crise de panique qu'elle avait connue quelques années plus tôt, lorsqu'elle allait passer un entretien d'embauche pour un magazine féminin dont elle ne se sentait pas digne. Elle s'accrocha mentalement au visage rassurant de son collègue pour ne pas tomber dans les pommes. Quand il lui tendit la main, elle réalisa que le zodiac s'était arrêté et qu'il ne restait plus qu'eux et le pilote à bord. Tout le monde était déjà monté sur le trimaran. Combien de temps avait-elle été déconnectée de la réalité ?

Encore engourdie, elle ne parvenait pas à saisir la main tendue face à elle. Tout en restant très calme, l'homme s'accroupit pour mettre son visage à la hauteur du sien, toujours souriant. Avec ses grosses joues, il ressemblait à l'un des santons de la crèche de sa grand-mère, l'ange qui jouait de la trompette. Sa main chaude vint prendre la sienne, qui était gelée. Les fourmis et le bourdonnement s'atténuèrent, assez pour qu'elle entende ses paroles : « Viens, on t'attend. Je reste avec toi, ne t'inquiète pas, tout va bien se passer. » Comme un automate, elle obéit. Elle se leva et approcha de la coque de *Sodebo Ultim'*, où deux gaillards à genoux patientaient en les observant. Elle entendit la voix apaisante continuer : « Je suis derrière toi, je t'assure si besoin. » Elle tendit ses deux bras gourds en l'air et les deux hommes la hissèrent sur la coque comme un poids mort.

À peine eut-elle posé le pied qu'elle constata que les picotements avaient quitté son corps et que, même si elle se sentait encore toute chose, elle était de retour dans le monde des vivants. L'équilibre très instable sur le bateau l'obligea à faire aussitôt preuve de concentration pour ne pas passer par-dessus bord. Le journaliste de *Ouest France* qui l'avait suivie dans la montée la prenait maintenant par les épaules pour rejoindre le groupe qui discutait déjà avec Thomas Coville au milieu du grand trampoline au-dessus de la mer. Elle ne sut si ses collègues avaient remarqué sa crise de panique, mais elle leur sut gré de ne pas lui faire de remarques à ce sujet. Elle se présenta, déclinant son prénom, son nom et son magazine, puis serra avec vigueur la main du marin tout en en profitant pour écouter le prénom de son collègue-sauveur. Le santon-ange gardien de la mer s'appelait François.

Après le brief, qui fut court mais chaleureux, et qui insistait surtout sur la sécurité – on ne se balade pas sur un géant des mers sans un minimum de précautions –, les journalistes avaient le loisir de se promener où ils voulaient, accompagnés bien sûr par l'un des douze membres d'équipage en guise de chaperon, et de poser toutes les questions qu'ils souhaitaient. Un régal comparé aux interviews d'acteurs de séries américaines que réalisait très souvent Diane et qui étaient millimétrées, qu'il s'agisse du contenu des questions ou de la durée de l'entretien.

Les sensations sur ce bateau étaient comme décuplées. On sentait le vent qui vibrait fort, les mouvements de la houle légère se rappelaient régulièrement sous les pieds et, surtout, le grondement que faisait la carcasse à certains moments semblait venir du fond des mers. Ce navire était vivant, il n'y avait aucun doute à avoir là-dessus.

Diane convoquait chacun de ses sens pour ne rien oublier. La peur ressentie juste avant de monter avait disparu et laissé place à un émerveillement de petite fille. Elle se sentait à l'aise, mais pas en confiance non plus, trop loin de la terre ferme pour se la jouer équilibriste.

Elle profita d'un moment où Thomas Coville tenait la barre en solo pour lui poser les questions qu'elle avait préparées, pendant que les autres visitaient le bateau de part en part. Il lui répondit avec le sourire et une pointe d'humour. L'humilité de celui qui venait de battre deux records du monde en quelques mois lui inspirait le plus grand respect. Si étonnant que cela puisse paraître, il se confia longuement, lui racontant par le menu ses déboires, sa fatigue en mer lors de ses derniers exploits, mais aussi ses relations avec sa famille. Il s'excusa presque :

— On a rarement l'occasion d'avoir de la visite sur le bateau, alors quand ça arrive, on partage tout ce que l'on peut, on est super bavards !

Profitant de cet aveu de faiblesse, elle osa :

— On dirait que vous n'avez jamais peur de rien, non ? Je voudrais tellement être comme vous.

Thomas Coville la regarda, un peu décontenancé par l'orientation que prenait l'interview et par le ton mal assuré de Diane. Après une pause, il retira ses lunettes de soleil pour lui répondre droit dans les yeux :

— J'ai l'objectif en tête, mais, pour naviguer sur une telle machine, il faut avoir de l'appréhension, il faut anticiper sans arrêt. La peur n'est pas un frein, c'est un signe d'intelligence.

Elle le remercia d'un regard empreint de gratitude. Il eut l'air de comprendre et remit ses lunettes de soleil sur les yeux.

— Vous avez peur de quoi en ce moment ? Je vous ai vue hésiter sur le zodiac, demanda-t-il sans pincettes.

Déstabilisée, Diane ne put que dire la vérité :

— De tout. De ma vie, je crois. C'est comme si la peur me paralysait et brouillait toute possibilité d'avenir. Elle me contrôle.

— Vous avez le vertige ?

— Un peu, ça dépend.

— Peur de l'eau ?

— Pareil, ça dépend.

La précision n'était visiblement pas son fort dans cette discussion.

— Très bien.

Diane ne comprit pas tout de suite cette dernière réplique. Thomas Coville héla alors l'un de ses équipiers, un grand gaillard qui portait un bob à large rebord :

— Emmène-la devant !

Le marin lui prit la main et l'entraîna vers le côté bâbord du bateau.

— Si tu as un problème ou si tu as peur, tu me le dis tout de suite, OK ?

— OK.

Diane ne savait pas trop où elle allait, mais elle y allait.

Elle suivit le marin qui rebondissait sur le grand trampoline tendu au-dessus de la mer. Elle voyait les vagues quelques mètres sous ses pieds. C'était perturbant, mais elle n'avait pas peur. Enfin, pas trop.

— Attention à ne pas te prendre les pieds dans les bouts, regarde où tu les poses et va tout devant, à la proue, lui intima le grand marin. C'est l'endroit le plus fou du bateau !

Pas après pas, Diane avança timidement. Il y avait plusieurs mètres à franchir seule, cela ressemblait à un exercice sur une poutre de gymnastique. Une vague un peu plus forte que les autres lui fit perdre l'équilibre et elle se retrouva à quatre pattes, collée au bateau par le fort mouvement des vagues. Elle regarda « son » marin, qui lui fit signe de la main de continuer.

Se sentant plus vulnérable que jamais, elle crevait de trouille à l'idée de se relever. Il était cependant hors de question de faire demi-tour. Elle était là, elle irait au bout. Elle continua sa progression, à quatre pattes, puisqu'elle se sentait ainsi davantage en sécurité. Certes, elle devait avoir l'air ridicule, mais ce sentiment était contrebalancé par une impression de très grande force. Un combo inconnu jusqu'alors. Même à genoux, elle pouvait continuer et avancer. Elle avait cette ressource en elle. Une sacrée leçon.

Elle arriva enfin aux confins du navire et respira un grand coup. Elle faillit renoncer en voyant la coque qui fendait les vagues à une vitesse hallucinante, même pour qui avait déjà fait du bateau. Elle s'accrocha des deux mains à la rambarde en métal qui pointait en V et se redressa sur ses pieds, droite et fière.

Diane fit face à l'Univers tout entier. À la proue d'un tel monstre, elle ressentit toute la force des éléments et toute sa petitesse. Les embruns l'empêchaient presque de respirer. La puissance du vent et le grondement de la mer qui l'éclaboussait d'une forte bruine provoquèrent un shoot d'adrénaline. Elle baissa les yeux pour regarder le clapot dense de la mer sur les coques.

Diane, la minuscule Diane complètement perdue qui se tenait bien droite face à l'océan, ne savait pas grand-chose, mais elle savait qu'elle n'avait pas besoin d'un Leonardo DiCaprio pour faire comme dans *Titanic*. Elle leva les bras en croix pour embrasser les éléments. Elle eut l'impression que le bateau disparaissait et qu'il n'y avait plus qu'elle qui volait sur la mer. Elle déplia ses ailes, sourit à pleines dents et cria aux fourmis et à l'Univers tout entier :

— *I'm the king of the world !*

GUILLAUME

LE BÉBÉ ÉTAIT NÉ À 3 H 38 DU MATIN. C'était une fille. Elle était belle, blonde et rose. Parfaite. Une petite crevette de 48 cm et 3,2 kg. Le petit nez de sa maman, la bouche de son papa et un je-ne-sais-quoi de son frère et de sa sœur.

Le travail avait ralenti après la pose de la péridurale, comme cela arrive souvent. Guillaume avait piqué du nez plusieurs fois sur l'inconfortable chaise généreusement offerte aux papas en salle de naissance, provoquant l'agacement d'une Elsa à fleur de peau. La naissance s'était ensuite déroulée dans une ambiance calme, sans difficulté pour la maman, qui connaissait son corps et poussait à bon escient. Sans angoisse pour le papa, qui avait une totale confiance en sa femme et en l'équipe médicale. Le bébé était arrivé tranquillement, tellement facilement que Loïk, le sage-femme, avait oublié de regarder sa montre pour noter l'heure de naissance. Il avait dû vérifier sur les tracés du monitoring pour fixer 3 h 38 comme heure officielle. Guillaume avait laissé le soin à Elsa de découvrir elle-même le sexe du bébé. Elle s'était tournée vers lui, radieuse : « C'est Anna, c'était elle depuis le début ! » Il n'avait pas pleuré, il n'avait d'ailleurs pas pleuré non plus à la naissance de ses deux premiers enfants, mais il trouvait qu'une fille, c'était exactement ce qu'il fallait pour compléter leur famille.

Quand Loïk leur demanda si « Anna » était bien le prénom qu'il fallait noter sur le bracelet de naissance, Guillaume suggéra :

— Et que penses-tu d'Hannah, avec un « h » au début et à la fin ?

— Comme Hannah Arendt ? questionna Elsa.

— Oui, comme Hannah Arendt, confirma-t-il, bien qu'il n'eût pas fait le rapprochement lui-même.

— J'aime beaucoup. Va pour Hannah avec un « h » à chaque extrémité. Ça nous l'ancrera bien dans la réalité, cette petite.

Guillaume n'osa pas lui dire qu'il avait trouvé cette idée dans le carnet rose de Diane. Il ne partagea pas non plus sa peur un peu irrationnelle du « Anna », dont la référence directe à sa mamie tout juste décédée pourrait être difficile à porter pour une si minuscule petite fille. Anna Charles, née le lendemain de l'enterrement de sa grand-mère Anne Charles, c'était un sacré héritage. Il ne voulait pas la prédestiner à quoi que ce soit, encore moins à porter les valises en bazar de ses ancêtres, quelle que soit son envie de rendre hommage à sa mère. Ces « h » mettaient une distance, dans son esprit à lui en tout cas. Hannah, c'était un peu « Anne », mais d'une manière plus subtile. Il était reconnaissant à Diane de lui avoir soufflé cette orthographe parmi tous les jolis prénoms collectionnés dans son carnet rose.

Elsa, Guillaume et Hannah restèrent plus longtemps que prévu en salle d'accouchement. Occupé par un accouchement compliqué, Loïk finit par les laisser quitter le service. Quand ils arrivèrent, complètement épuisés, dans leur chambre, ils furent accueillis par un plateau petit-déj et un lever de soleil qui éclairait la rade de Lorient d'une lumière orange fluo. « Bonjour, Hannah, sois la bienvenue », semblait déclamer le ciel breton.

La matinée s'était déroulée aussi bien que possible. Elsa et Guillaume avaient pu prendre une douche, ce qui n'était du luxe ni pour l'un, ni pour l'autre, tout en se relayant pour surveiller le bébé. En goûtant le bonheur d'enfiler des vêtements propres grâce à la prévoyance légendaire d'Elsa, il se demanda si les autres femmes ajoutaient également un change pour le futur papa quand elles préparaient leur valise de maternité, ou s'il avait vraiment un modèle unique.

À 13 heures pétantes, deux tornades blondes déboulèrent dans la chambre, marquées à la culotte par les parents d'Elsa. Alice et Timothée sautillaient d'excitation à l'idée de rencontrer le nouveau membre de la fratrie, et ça n'était pas de tout repos, il faut l'avouer ! Ils l'attendaient depuis une éternité, c'était en tout cas l'impression qu'ils avaient. Neuf mois dans une vie d'enfant, ça ressemblait à quelque chose proche de l'infini.

Elsa tenait à bout de bras Timothée, qui avait voulu monter debout sur le lit pour observer le bébé.

— Comment elle s'appelle déjà, la petite sœur ?

— Elle s'appelle Hannah, mon cœur.

— Hannah, comme les ananas ?

Trop heureux de sa blague, il riait à en faire trembler le lit... Guillaume intervint pile au bon moment pour le rattraper alors qu'il se penchait un peu trop.

De con côté, Alice s'accrochait au berceau en plastique pour tenter d'apercevoir sa sœur, risquant à chaque fois de la réveiller ou, pire, de la faire dégringoler.

Guillaume et Elsa réussirent à les calmer quelques minutes grâce à un paquet de cookies – c'est toujours l'heure du goûter pour les enfants –, laissant quelques instants aux grands-parents pour faire la connaissance de la petite Hannah en toute tranquillité.

La trêve fut brève. Alice, en grande mécanicienne attitrée de la famille, avait pris le contrôle du lit médicalisé, qui montait et descendait sous ses gloussements et les encouragements de Timothée.

— On va les emmener à la plage pour qu'ils lâchent un peu de vapeur, avait proposé Jeannick, jamais à court d'idées pour les occuper. Et puis on ira à la crêperie fêter l'arrivée d'Hannah, ça vous va, les enfants ?

— Ouiiiiii, c'est parti !

Les enfants se jetèrent au cou de leurs parents pour les embrasser avec force.

Guillaume constata avec tristesse que, derrière leurs mines coquines, leurs visages d'anges portaient des marques de fatigue. Eux aussi, à leur manière, accusaient la mort de leur Maminou : en faisant de la résistance pour se coucher et en arpentant des rêves angoissants pavés de trous noirs et de monstres à gueules béantes. Il les serra fort à tour de rôle contre lui pour leur signifier à quel point ils lui avaient manqué.

Le cortège récupéra ses affaires et laissa la chambre se remplir d'une denrée rare depuis le début de leur visite : le silence.

La rencontre fut joyeuse et éreintante. Après les derniers jours et cette dernière nuit en apothéose, le simple fait de parler paraissait à Guillaume et Elsa un effort. Ils avaient maintenant le loisir de se reposer un peu, enfin, autant que possible dans une maternité où les visites du personnel se succèdent à un rythme infernal.

— Tu devrais rentrer dormir à la maison ce soir.

— Et risquer de croiser les enfants, ah non, je suis mieux ici !

— C'est sûr qu'ils tenaient la forme olympique aujourd'hui... Mais on les connaît, on sait bien que toute cette excitation, c'est parce qu'ils ont eu beaucoup d'émotions, ces derniers temps.

— Oui, c'est vrai. Mais moi, je reste avec vous. Je ne peux pas te laisser seule avec Hannah, c'est moi l'expert du change de couches !

— Peut-être, mais je te bats à plate couture en allaitement, alors motus.

La vérité, c'est que Guillaume se sentait à l'abri dans cette chambre, près de sa femme et de son bébé tout neuf, et qu'il avait besoin de ce cocon. Il n'osa pas le dire, mais elle comprit. Elle sourit et souleva le drap d'hôpital en se décalant vers le berceau transparent où dormait à poings fermés – l'expression prenait tout son sens quand on posait les yeux sur elle – la petite Hannah. Guillaume se fit le plus mince possible pour se glisser auprès de sa femme et s'installa tout contre elle. Ils s'endormirent dans la chaleur et l'odeur rassurantes l'un de l'autre pour un repos profond et sans rêves.

La pédiatre et l'infirmière, qui entrèrent en trombe dans la chambre en fin d'après-midi, les trouvèrent ainsi enlacés. C'est Elsa qui, réveillée la première par le bruit de la porte, secoua énergiquement Guillaume pour le tirer du sommeil. Surpris de voir qu'il y avait de la visite, il sauta du lit aussi lestement qu'il pouvait en se frottant la joue, où devaient s'étaler largement les marques de l'oreiller.

— Je viens faire un petit examen d'Hannah, les informa sans préambule la jeune médecin. Ses dernières constantes ne me plaisent pas.

L'infirmière effectua les contrôles en donnant au fur et à mesure les résultats. 38,7 °C de température. Elsa et Guillaume étaient parents depuis assez longtemps pour savoir que ça n'était pas normal, surtout pour un nouveau-né.

La pédiatre stimula Hannah, qui eut un mal fou à sortir de sa torpeur. Elle lui attrapa les mains et lui fit faire différents exercices sous le regard inquiet de ses parents. Plus l'examen avançait, plus elle affichait une mine concernée.

— Votre fille a de la fièvre et un manque de tonus. Ça n'est pas normal. On va lui faire une prise de sang pour vérifier, mais je pense qu'elle a une infection materno-fœtale, c'est-à-dire qu'elle a contracté une bactérie durant l'accouchement. Pour éviter toute complication, on va lui administrer des antibiotiques et la transférer immédiatement en néonat.

Le choc fut brutal. Elsa s'effondra en sanglots alors qu'elle pensait son corps incapable de verser une larme de plus après la disparition de sa belle-mère.

Guillaume garda son sang-froid. Il savait être rassurant et calme en façade dans les moments de tempête, bien que l'angoisse lui collât des remontées acides qui lui vrillaient le tube digestif.

Aucun d'eux ne put accompagner Hannah durant le transfert vers le service de néonatalogie. Ils eurent l'autorisation de la rejoindre une heure plus tard. Cette heure passée loin d'elle suffit à instiller l'inquiétude dans chacune de leurs pensées. La place où se trouvait le berceau, quelques minutes plus tôt, paraissait cruellement vide. Elsa culpabilisait : si c'était une infection « materno-fœtale », c'était forcément sa faute, non ?

Sur les murs du vestiaire du service de néonat s'étalait une litanie de choses à faire et à ne pas faire pour ne pas mettre en danger les prématurés. Hannah était née à terme, mais elle était vulnérable, et son état nécessitait des précautions particulières. C'était un versant de la parentalité qu'ils ne connaissaient pas et qu'il allait falloir appréhender.

Dans le couloir les menant à leur fille régnait un calme particulier, simplement rythmé par les bips des machines médicales. Elsa et Guillaume avaient découvert, derrière les parois vitrées des chambres, de minuscules bébés en body reliés à une multitude de fils dans des couveuses. Certains, dont les parents n'étaient pas présents, paraissaient encore plus petits et fragiles. Elsa avait attrapé la main de Guillaume avant de pénétrer dans le box individuel d'Hannah. Leur bébé leur semblait bien grand à côté de ceux vus quelques secondes auparavant, et cette pensée avait rasséréné Guillaume.

Il regardait sa fille dormir paisiblement depuis plusieurs heures, il avait perdu la notion du temps. Patiemment, Elsa à côté pompait son lait à l'aide d'un tire-lait manuel en admirant son enfant. Un liquide jaune, presque orange, s'accumulait tout doucement dans le biberon. Faute de montée de lait pour le moment, elle récupérait le colostrum, si précieux pour les premiers jours de vie des nourrissons. Hannah n'avait plus la force de téter, alors, pour ne pas la fatiguer, on allait la nourrir par sonde. Des fils dépassaient du body de la petite. Elle était reliée à de nombreux appareils dont Guillaume comprenait au fur et à mesure l'utilité : vérification du rythme cardiaque, mesure de l'oxygénation du sang, administration des antibiotiques… Les bruits variés et stridents venant des appareils des chambres voisines les inquiétaient, mais, vu le calme des infirmières et des autres parents, ils se disaient que cela devait être la routine.

Lorsqu'elle entra dans la chambre, la pédiatre sembla plus apaisée que lors de sa visite en suites de couches. Comme la fois précédente, elle alla pourtant droit au but. Net et précis, c'était son style.

— La prise de sang confirme l'infection materno-fœtale à streptocoque B, on va adapter les antibiotiques et la surveiller de près. On va aussi vous donner un traitement, ajouta-t-elle en regardant Elsa.

Guillaume avait très envie de lui dire que l'on ne s'adresse pas à une jeune accouchée bourrée d'angoisses sans y mettre un minimum d'humanité, mais il s'abstint.

— C'est grave ? osa-t-il demander d'une voix étranglée.

— Chez l'adulte, cette infection est assez bénigne, mais, chez le nourrisson, elle peut être grave, oui. Votre fille est prise en charge, c'est l'essentiel. Son bilan devrait vite se normaliser. Vous avez d'autres questions ?

Guillaume dit « non » et remercia la pédiatre, qui, malgré son absence de douceur, faisait remarquablement son travail.

Quand son regard se posa à nouveau sur sa femme, son cœur se brisa. Les larmes qu'elle versait silencieusement inondaient le tire-lait auquel elle était cramponnée.

Que je m'y suis baigné...

ÉLISABETH

— AH CHOUETTE, TU AS FAIT DU CAFÉ ! clama Dédé en arrivant au poste, accompagnée du bruit mat de ses sabots sur le sol.

Tout en se servant un grand bol auquel elle ajouta deux sucres, elle continua :

— Charlie est super détendue. Punaise, si ça avait existé de mon temps, la péri, je peux te dire que j'aurais pas hésité pour mes accouchements ! J'ai croisé Michel, il partait manger au troquet de la place Gambetta. Si ça accélère, on peut l'appeler là-bas. La gémellaire est bien installée, on a un créneau de calme, sauf si quelqu'un arrive. T'es toute pâle, ça va, Babette ?

— Oui, ça va. J'ai juste mal au cœur. Il doit y avoir un truc que je ne digère pas bien.

Dédé alluma une cigarette et le petit poste de télé qui trônait près de la machine à café. Il tournait souvent sans le son pour tenir compagnie à ceux qui travaillaient à la maternité pendant les moments d'accalmie. Sur Antenne 2, Christine Ockrent présentait les titres des actualités du « 20 Heures ». Dédé monta le volume en tournant le bouton rond du poste dans le sens des aiguilles d'une montre. La grève de la fonction publique faisait la une, avant de laisser place au visage d'Armando Valladeres, un écrivain cubain enfermé durant vingt-deux ans, qui venait d'être libéré grâce à l'intervention de François Mitterrand.

— On peut pas dire, ça a du bon d'avoir un socialiste à la tête du pays, mais ça n'améliore pas plus nos salaires ! rigola Dédé.

Élisabeth n'avait pas le courage de participer à cette conversation digne des « brèves de comptoir », elle peinait déjà à faire taire le vacarme des questions qui tournaient dans sa tête.

— Je vais voir les patientes, Dédé, je t'appelle si besoin, OK ?

— Oh, te tracasse pas, j'en sors. Va plutôt prendre l'air cinq minutes, ça te fera du bien.

— Oui, tu as raison, je vais faire ça.

Dans la cour intérieure de l'hôpital, Élisabeth s'abrita sous les arches et alluma une cigarette. Sa peau frémissait encore des caresses de Christian, mais elle sentait une pression sur son cœur, comme si une main puissante le serrait. Le tabac et l'air frais la sortirent de sa torpeur. Si ça se trouve, elle n'était pas vraiment enceinte. Elle fit taire la voix idiote qui lui avait soufflé ça. Elle avait du retard, elle ne savait même plus de quand dataient ses dernières règles – tu parles d'une sage-femme ! – et le test urinaire avait tout de suite donné son verdict : deux lignes = enceinte. Bingo. Elle ne voulait pas d'enfant, en tout cas pas maintenant, et surtout pas avec un homme qui n'en souhaitait plus. Sa grossesse était accidentelle. Elle prenait pourtant sa pilule chaque jour avec soin. Jusqu'ici, elle était persuadée que les femmes qui tombaient enceintes sous pilule ne devaient pas être aussi régulières et attentives qu'elles le disaient. La pilule, c'était un moyen sûr de contrôler sa fertilité. Tu parles !

Elle attendait donc un bébé qu'elle n'avait pas désiré et qui provoquait un bazar dingue dans sa vie. Mais c'était quoi, sa vie ? Ses allers-retours au boulot, ses gardes et ses quelques moments avec Christian où elle parvenait à le voler à sa vie de famille dans la semaine. Maigre butin. Depuis deux ans, elle l'attendait. Elle restait en suspens jusqu'à ce qu'il soit un peu disponible pour elle. Elle attrapait au vol les moments à deux, elle vivait entre parenthèses au milieu d'étreintes passionnées.

Elle pensa aux femmes qu'elle accueillait quand elle était jeune sage-femme au planning familial. Quand l'IVG n'était pas encore un droit et que l'on filait des cachets en douce de manière complètement illégale, mais tellement évidente pourtant, et que ses vieilles collègues pratiquaient des curetages on ne peut plus périlleux dans des appartements sordides.

Maintenant, en 1982, un simple comprimé avalé en toute légalité pouvait remettre son compteur à zéro si elle le décidait.

La pluie tombait maintenant dru sur Paris et le vent la glaçait jusqu'aux os. En rentrant dans la maternité, elle constata qu'elle était précédée par une jeune fille en larmes, qui semblait à terme. Elle était accompagnée par une femme plus âgée qui, selon toute ressemblance, était sa mère.

Avant qu'elles n'aient le temps de sonner à la porte du service, Élisabeth les intercepta.

— Bonsoir, je suis la sage-femme de garde, que se passe-t-il ?

— C'est ma fille, elle s'inquiète parce qu'elle ne sent plus le bébé.

— Il ne bouge plus depuis quand ? demanda Élisabeth à la jeune fille au visage baigné de larmes.

— Ce matin, mais d'habitude il s'agite tout le temps, parvint-elle à articuler.

Élisabeth demanda à la maman, anxieuse, elle aussi, de patienter en salle d'attente. Puis elle installa la jeune femme dans le box. Le temps de l'allonger sur la table d'auscultation, elle fit mentalement la prière à l'Univers qu'elle faisait chaque fois qu'elle se trouvait dans pareille situation : « Faites que ce bébé soit en vie. Faites que ce bébé soit en vie. Faites que ce bébé soit en vie. » Trois fois, toujours.

Elle reprit en douceur l'interrogatoire de la future maman, qui reniflait tout ce qu'elle pouvait. Elle avait l'air si jeune.

— Comment vous vous appelez ?

— Geneviève.

— Vous avez quel âge ?

— 19 ans.

— C'est votre première grossesse ?

— Oui.

— Vous êtes à quel terme ?

— C'est-à-dire ?

— Vous êtes à combien de mois ?

— Bientôt huit, je crois.

— Vous êtes suivie dans cet hôpital ? Tout se passe bien ?

— Oui, je viens tous les mois ici. Il n'y a pas de souci, tout allait bien jusqu'à ce matin. J'ai peur, parce qu'il s'agite tout le temps habituellement, et là, j'ai beau lui faire toc-toc, il ne réagit pas.

C'était un spectacle déchirant, de voir cette enfant aussi inquiète. Sans la prévenir de ce qu'elle cherchait à faire, Élisabeth posa son stéthoscope sur le ventre de la frêle Geneviève. Si jamais elle n'entendait pas de battements de cœur, elle irait chercher Dédé et la maman pour lui prêter main-forte, mais, pour le moment, elle se concentra pour ne pas laisser sa main trembler d'inquiétude.

Elle chercha méthodiquement d'abord en bas à gauche, en bas à droite ensuite, puis elle remonta sans parvenir à trouver le moindre signe de vie. Geneviève s'était arrêtée de pleurer et suivait les mouvements sur son ventre. Ses longs cheveux auburn formaient un rideau de chaque côté de son visage. Élisabeth leva les yeux vers elle et eut l'impression de voir Emma Bovary, l'héroïne de son roman préféré. Elle reprit sa recherche et se concentra de toutes ses forces. Où es-tu bon sang, petit bébé, où es-tu ?

Le bruit sourd de la neige se transforma soudain en une musique on ne peut plus claire : « Toudoum, toudoum, toudoum, toudoum… »

Soupirant un grand coup, Élisabeth ne put retenir son soulagement :

— Ah punaise, tu étais là, toi ! Tu nous as fait peur, espèce de coquin !

Elle détacha son stéthoscope pour le tendre à sa patiente, qui le mit sur ses oreilles.

— Tout va bien, Geneviève, vous entendez le cheval au galop, c'est votre bébé !

— C'est vrai ?

La jeune femme se remit à pleurer, de soulagement cette fois.

— Oui, c'est vrai ! Son cœur bat parfaitement, je vais juste vous examiner pour voir si tout est en ordre, ça marche ?

— J'ai eu tellement peur…

Élisabeth lui frotta le dos en la rassurant :

— Chut, tout va bien maintenant, vous allez pouvoir rentrer chez vous et vous reposer.

Geneviève fit oui de la tête, obéissante.

— Vous savez, au début, je voulais pas de lui, alors j'ai eu peur que ça soit ma faute et que le bébé soit mort, que le bon Dieu veuille me punir d'avoir pensé ça…

— Mais quelle idée ! Si le bon Dieu existe, il ne punit pas les mamans en tuant leur enfant. Il les aide plutôt à faire des beaux bébés bien joufflus !

— Et puis j'ai trop marché ces derniers jours : j'ai encore plein de choses à préparer pour son arrivée, j'ai cru que je lui avais fait du mal.

— Mais non, un bébé, c'est résistant et il est bien au chaud dans votre utérus ! C'est la meilleure place au monde pour lui. Il a de la chance d'arriver chez vous, ce petit, Geneviève. Une maman qui s'inquiète autant pour son enfant qui n'est pas encore né, c'est déjà une maman formidable.

— Vous savez, j'en voulais pas, parce que j'étais trop jeune et que le papa m'avait dit qu'il n'en voulait pas parce qu'il refusait de gâcher sa vie pour une bêtise, il voulait que je le fasse passer, mais maintenant je l'aime et je le veux de tout mon cœur, ce bébé. Je croyais que j'aimais mon copain, mais l'amour que j'ai maintenant pour mon bébé, c'est mille fois plus fort. Et si mon copain m'avait aimée vraiment, il aurait aimé le petit, lui aussi. Vous croyez pas ?

Élisabeth ne pouvait pas lui dire que c'était exactement ce qu'elle pensait, elle aussi, et que, s'il l'aimait vraiment, Christian ne lui imposerait pas de choisir.

Geneviève n'avait que 19 ans, et pourtant, elle avait déjà saisi certaines nuances des relations amoureuses, qui avaient jusque-là échappé à Élisabeth.

— Allez, je baisse votre culotte, je vais vous examiner.

Une fois l'examen réalisé, elle alla chercher Dédé pour la prise des constantes et la maman de la jeune femme pour la rassurer. Le bébé avait simplement moins de place pour bouger. La patiente avait surtout besoin de se reposer dans l'attente du terme. Tout étant normal, Geneviève eut le feu vert pour rentrer chez elle. Avant de quitter la maternité au bras de sa mère, elle tourna son visage encore adolescent vers Élisabeth et souffla, comme une prière :

— J'aimerais bien que ça soit vous qui soyez là le jour où j'accouche.

DIANE

SITÔT DESCENDUE DE L'*ULTIM'*, Diane avait pris une décision. Elle sentait encore les embruns sur son visage, son cerveau en ébullition n'arrêtait pas de mouliner. Elle était toujours dopée par l'adrénaline qui avait parcouru tout son corps le matin même, mais elle était lucide et en pleine possession de ses moyens. Une pensée évidente prenait le pas sur tout le reste : elle avait besoin de temps pour elle, loin de l'effervescence de son quotidien. Elle avait choisi de prolonger son séjour en Bretagne et réservé deux nuits de plus dans le petit hôtel vieillot d'Auray. Elle avait bien tenté de joindre Olivier pour le prévenir, mais elle n'avait eu que son répondeur – un soulagement de ne pas avoir à s'expliquer de vive voix.

Elle avait passé ce week-end à dormir, recroquevillée sous les couvertures, et s'était promenée près de la rivière d'Auray, la lumière y était jolie. Elle s'était surprise à apprécier la solitude. Elle n'avait pas besoin de faire la conversation, savourait ses repas au restaurant en solo et pouvait relâcher la vigilance constante qu'elle s'imposait à faire comme si. Elle avait fait ce choix : elle n'était pas seule, elle était avec elle-même.

Elle avait coupé son téléphone durant tout le séjour pour essayer d'entendre ce qui se passait à l'intérieur d'elle. Seul le silence lui avait répondu.

Elle quittait la Bretagne apaisée, au moins en partie.

Le retour en TGV vers Paris fut moins épique que le voyage aller. Pas de voisin au visage familier, pas de contrôleur désagréable, pas de bière au wagon-bar. Juste elle dans son large fauteuil en velours gris et l'ambiance feutrée de la première.

Elle savait ce qu'elle allait devoir faire en rentrant, mais elle cherchait encore par où commencer. Habituée à demander des signes à l'Univers, elle lança une demande claire : « Univers, si je dois quitter Olivier, dis-le-moi avant mon arrivée. » Le passager assis un rang devant elle éternua. Pas très lisible comme signe.

Elle fouilla dans son sac à dos fleuri pour sortir son petit carnet rose. Elle ne l'avait pas ouvert depuis deux jours et ça l'avait beaucoup soulagée. Elle voulait y jeter un coup d'œil, comme pour prendre conscience de l'énergie folle qu'elle y avait laissée. Après une longue recherche à l'aveugle, elle vida son sac objet après objet avant de se rendre à l'évidence : elle l'avait perdu. Son cœur accéléra, elle eut l'impression de tomber dans un puits sans fond. Ce carnet, c'était sa vie. À travers ces lignes chaotiques, elle y avait consigné tous ses espoirs et ses doutes ; il contenait une partie d'elle-même. C'était beaucoup de souffrance, mais c'était la sienne, elle y tenait. Rien non plus dans sa valise rouge, qu'elle ouvrit au milieu de l'allée. Rien hormis un bazar monstrueux qui était maintenant connu de tous ses voisins de voyage. La classe.

Ce carnet perdu, ses espoirs envolés, c'était ça, le signe de l'Univers. Olivier n'avait répondu à aucun de ses SMS et coups de fil depuis trois jours. Elle n'était pas inquiète, ça lui arrivait parfois de faire le mort pour lui montrer qu'elle était allée trop loin. Il devait lui en vouloir de ne pas être rentrée vendredi comme prévu. Mais trois longs jours à faire le mort, c'était raide.

Quand ça n'allait pas, ils s'engueulaient copieusement et leur couple repartait comme en 40. C'était leur mode de fonctionnement. Là, l'issue serait fatale. Elle arrivait à Paris dans une heure et elle allait le quitter. Ce soir même. C'était comme un pansement qui ne laisse pas la plaie respirer et qu'il fallait retirer vite pour éviter que ça ne s'aggrave. Diane étouffait de malheur dans cette relation qui n'avait plus grand-chose d'amoureux.

Elle lui envoya un dernier SMS :

« Hello, j'arrive vers 22 h 30, j'ai besoin de te parler. »

Qui resta lui aussi sans réponse.

Cette dernière heure dans le train fut pénible et longue. Tout comme les vingt-cinq minutes de taxi. Elle avait hâte d'arriver, d'en finir, même si elle savait que cela allait être douloureux pour elle. Elle ne pensait pas à la réaction d'Olivier, elle était trop déconnectée de lui pour que ça l'effleure.

Avant d'insérer la clef dans la serrure, elle inspira un grand coup pour se donner du courage. Son cœur battait beaucoup trop vite et elle avait les mains moites. Elle pénétra dans l'appartement, où toutes les lumières semblaient éteintes. Il s'était peut-être couché tôt ? Elle alluma le plafonnier de l'entrée, où elle traîna péniblement sa valise en essayant de faire le moins de bruit possible pour ne pas le réveiller. Le manteau d'Olivier, normalement accroché sur la patère à gauche en entrant, était absent. Il était sûrement sorti. En arrivant dans la cuisine, une impression bizarre lui enserra la poitrine. Cette pièce d'habitude si fourmillante d'objets paraissait rangée ou, plutôt, vidée. Elle aperçut un carton posé sous la table et y jeta un œil. Il contenait le mixeur à soupe et le presse-agrumes électrique… Elle secoua la tête sans comprendre. Continua son exploration sur la pointe des pieds pour vérifier si Olivier était là. Ouvrit la porte de la chambre tout doucement sans la faire grincer. La lumière du couloir l'éclaira assez pour qu'elle distingue le lit vide, parfaitement au carré. Que se passait-il dans cet appartement ? Elle appuya sur l'interrupteur de la pièce et fut prise d'un vertige. Elle ouvrit alors le tiroir à caleçons de son compagnon depuis sept ans pour confirmer ce qu'elle avait déjà compris. Il était vide. Il n'y avait aucun doute : toutes les affaires d'Olivier avaient disparu.

Olivier était parti.

Une douleur sourde l'assaillit. Elle ne pleura pas, terrassée par le choc. Elle ressentait une vague nausée et une forte incompréhension, la scène qui se déroulait ne semblait pas réelle. C'était elle qui voulait le quitter en arrivant et pourtant elle se retrouvait dans la peau de la fille plaquée. C'était à elle de lui dire toute sa souffrance et de lui balancer son aigreur. En disparaissant, il lui avait volé l'espace pour exprimer ses sentiments. Il l'avait niée. Elle éprouvait une colère froide. La rage montait en elle et elle voulait crier son mépris. Elle trouva cet acte d'une lâcheté déplorable, comment avait-elle pu aimer ce type ? Elle le méprisait à présent de tout son être. Il n'avait aucun respect pour elle ni pour leur histoire. OK, elle avait décidé de rompre, mais elle voulait faire ça bien, avec une belle engueulade où elle aurait pu sortir tout ce qui bourdonnait en elle, le remercier pour tout ce qui avait été partagé, en reconnaissance des belles années pendant lesquelles ils avaient cheminé main dans la main. Ils se devaient au moins ça.

On sonna à la porte. Elle bondit comme un chat sauvage pour ouvrir : ce n'était pas lui. C'était son amie Marie. Elle affichait l'air désolé de celle qui savait déjà.

— J'ai vu Olivier cet après-midi. Il m'a demandé de te donner ça et de rester avec toi, si tu le souhaites.

Elle lui tendit une enveloppe cachetée, sur laquelle Diane reconnut l'écriture parfaite d'Olivier.

— Entre, dit Diane en prenant le message.

Marie fila droit dans la cuisine et, comme si elle était chez elle, sortit du freezer une bouteille de vodka dont elle remplit deux verres à moutarde. Puis elle en posa d'autorité un sur la table basse devant Diane, qui s'était installée sur le canapé du salon et fixait, incrédule, son prénom sur le papier.

— À quel moment j'ai merdé en ne voyant pas qu'Olivier et moi, on avait bien un projet commun, mais que ce n'était pas un bébé, mais notre séparation ? demanda-t-elle d'une voix blanche à son amie sans attendre de réponse.

— Bois ça et ouvre cette lettre. Je te remplirai ton verre tant que tu en auras besoin, OK ?

En langage Marie, ça voulait dire : « Je suis là et je ne vais pas te laisser t'enfoncer. »

Diane décacheta l'enveloppe. Elle contenait six pages manuscrites de celui qu'elle avait aimé follement et qui était devenu un inconnu.

Elle se lança en apnée dans la lecture. Elle s'attendait à de la colère et de l'amertume, elle était prête à encaisser comme un boxeur dans son coin du ring.

La première ligne la percuta en plein cœur :

« Diane, jamais je ne t'oublierai. »

Incapable d'aller plus loin, elle but le verre cul sec et se blottit dans les bras de Marie.

GUILLAUME

CELA FAISAIT QUATRE JOURS QU'HANNAH ÉTAIT NÉE et que Guillaume naviguait à vue entre le service de néonat et la maison, où il rentrait se reposer, sans compter les deux lessives quotidiennes pour sa femme et sa petite dernière. Ses beaux-parents avaient rapatrié les aînés chez eux pour qu'il puisse gérer tout ça le plus aisément possible. Bénis soient-ils. Chaque soir, Guillaume passait embrasser les deux grands – pourtant encore bien petits –, toujours très excités, qui réclamaient leur petite sœur et surtout leur maman. Il jouait et dînait avec eux, en profitait pour leur montrer les photos prises dans la journée, avant de retourner chercher un peu de répit chez lui. Elsa allait sortir le lendemain, les médecins avaient voulu la garder quelques jours supplémentaires, car, en plus de l'infection, elle était fortement anémiée. Hannah allait mieux. La fièvre avait baissé, le tonus revenait et ses analyses sanguines étaient en tout point conformes à ce que l'on attendait d'un nouveau-né en parfaite santé. Elle avait même recommencé à téter le sein de sa mère sous les applaudissements de l'équipe soignante. Elle allait, elle aussi, pouvoir sortir très bientôt. Le chapitre de cette naissance mouvementée serait bientôt clos et la vie à cinq, « comme les cinq doigts de la main », ainsi que l'avait décrété poétiquement Timothée, allait enfin pouvoir commencer.

Quand il ouvrit les yeux sur les coups de 10 heures du matin, Guillaume sut instantanément que quelque chose clochait. Il avait passé une nuit entrecoupée de cauchemars et ne parvenait pas à s'abstraire de ceux-ci. Son esprit flottait dans un état cotonneux, comme s'il ne s'était pas encore totalement réveillé. Au loin, il distinguait un bruit strident et répétitif. Son téléphone portable sonnait sur sa table de chevet. Au prix d'un effort surhumain, il parvint à décrocher. Il s'éclaircit la voix avant de parler à son beau-père, dont le prénom s'affichait sur l'écran.

— Oui.

— Bonjour, Guillaume, c'est Jacques.

— …

— Ça va ? Timothée veut passer récupérer ses puzzles pour qu'on les fasse ensemble, est-ce que je peux passer dans la journée ? J'en profiterai pour te rapporter du pot-au-feu de Jeannick pour le retour d'Elsa.

— …

— Guillaume, tu m'entends ?

— …

— Guillaume, allô ?

— …

— Guillaume, tout va bien ?

— Aidez-moi, articula difficilement Guillaume, qui ne reconnaissait pas sa voix.

— Qu'est-ce qu'il se passe ? Tu as besoin que j'appelle un médecin ?

— Peux plus bouger.

— OK, mon grand, rassure-toi, on s'occupe de toi.

En attendant les secours, Guillaume eut le temps d'analyser toutes ses sensations. Le côté gauche de son visage s'était affaissé, il ne parvenait plus à ouvrir l'œil, ni à articuler. Il sentait encore son corps, mais ses sensations étaient comme engourdies, il ne pouvait pas se lever. Il pensa qu'il était en train de faire un AVC, comme sa mère. Il se sentait très lucide, conscient de tout ce qui dysfonctionnait, mais il ne parvenait pas à en être acteur. Simplement le spectateur impuissant de sa déchéance. L'angoisse du réveil avait laissé place à une sorte d'indifférence.

Jacques arriva en moins de dix minutes au chevet de son beau-fils, qu'il trouva allongé sur le dos dans son lit, blanc comme un linceul.

— Je suis là, mon garçon. Les pompiers arrivent aussi, on ne va pas te laisser comme ça, t'inquiète pas.

— Je ne peux plus bouger le visage à gauche, expliqua faiblement Guillaume. Ne dites rien à Elsa.

— Chut, reste calme, reste avec moi, ne t'endors pas, mon garçon, tu peux me serrer la main ?

Avec un grand effort de concentration, il parvint à attraper mollement les doigts de son beau-père.

Les pompiers déboulèrent dans la chambre conjugale, suivis rapidement du SAMU. Guillaume fut questionné, palpé, ausculté... On lui colla différents appareils qu'il n'identifiait pas et qui produisaient des bruits agressifs, même pour ses oreilles cotonneuses. Il tentait de répondre le mieux possible aux questions qu'on lui posait, mais les efforts qu'il devait faire pour continuer à communiquer lui paraissaient de plus en plus insurmontables. Il n'y avait jamais eu autant de personnes dans cette pièce, et il ne souhaitait qu'une seule chose, qu'on le laisse seul pour qu'il puisse dormir. Et si ça devait être son dernier somme, ainsi soit-il.

Il fut transporté en ambulance, toutes sirènes hurlantes, jusqu'à l'hôpital, ce même hôpital qui avait vu la naissance de ses trois enfants et abritait actuellement deux des personnes qu'il aimait le plus au monde. Aux urgences, les médecins qui l'attendaient l'examinèrent rapidement pendant que l'équipe du SAMU expliquait son cas. On le piqua un nombre incalculable de fois, mais son corps ne sentait pas la douleur.

On l'envoya ensuite passer une IRM, qu'il trouva extrêmement longue. Chaque minute de cet examen fut un calvaire. L'appareil exigu dans lequel on l'avait glissé lui donnait l'impression d'être déjà dans un cercueil. La chaleur de son propre souffle lui revenait sur le visage tant la machine était proche de son nez. Et puis ce bruit, cela devait être celui de l'enfer. Il avait l'impression d'être fusillé en continu par une mitraillette laser dont le rythme et le son changeaient de manière aléatoire.

À peine fut-il sorti de l'IRM qu'on lui colla des électrodes sur le corps, avant de le laisser dans une chambre au calme, branché de partout avec un appareil qui lui prenait la tension à intervalles réguliers.

Guillaume avait assisté aux différents événements de la journée comme il aurait pu le faire devant un film. Il intervenait quand on le lui demandait, mais il se sentait à la fois enfermé dans un corps inutile et complètement extérieur à la situation, presque indifférent à tout ce qu'il se passait. Une fatigue surnaturelle lui ôtait toute énergie. Il ne songeait qu'à fermer les yeux, trop exténué pour analyser ce qui se jouait.

Enfin seul pour la première fois depuis des heures, il se demanda où était passé Jacques, qui l'avait accompagné de bout en bout durant ses pérégrinations, puis s'abandonna à la fatigue, toujours avec cette certitude que la partie gauche de son visage était littéralement en train de fondre.

Son sommeil fut peuplé de monstres et de situations plus sinistres les unes que les autres. Il devait, dans le désordre : échapper à un marcheur blanc de *Game of Thrones* qui le pourchassait dans le métro, sauver un chat perché sur une montagne russe du Parc Astérix, laver avec sa tante Marinette la robe grise, pleine de taches de sang qui ne partaient pas, qu'avait apparemment exigé de porter sa mère pour l'enterrement, traverser l'Atlantique en pédalo avec ses trois enfants accrochés aux flotteurs… Il lui sembla un moment apercevoir le doux visage d'Elsa entre deux cauchemars et cette vision lui fut d'un grand réconfort. Qu'il était doux d'être aimé par cette femme.

Il se réveilla en sueur dans un lit complètement trempé alors que, quelques secondes auparavant, il suppliait sa mère en pleurant de l'accompagner dans des toilettes infestées de minuscules araignées.

— Oh, mon garçon, tu te réveilles. Tu es à l'hôpital, tu te souviens ?

Malgré le pansement qui lui barrait l'œil gauche, Guillaume fut heureux de reconnaître les traits familiers de Jacques, toujours fidèle au poste. Il aurait pu compter les rides sur le visage buriné penché au-dessus de lui.

— Tu as besoin de quelque chose ?

Tout doucement, il articula :

— … je me suis pissé dessus.

— Oh, je vois. Tout de suite, mon garçon.

Après le changement intégral des draps par deux aides-soignants, Jacques raconta à son beau-fils les événements de la journée. Il avait rejoint Guillaume à l'hôpital en voiture et l'avait suivi à chaque étape de son périple quand il y était autorisé. Les médecins avaient pris son cas très au sérieux, car il présentait tous les symptômes d'un AVC. Malgré la demande de son beau-fils, il avait filé à la maternité pour prévenir Elsa, avec toutes les précautions possibles, bien évidemment. Paniquée, celle-ci n'avait bien sûr voulu qu'une chose, rejoindre son mari le plus vite possible. Il avait alors passé l'après-midi avec Hannah en néonat grâce à une dérogation au regard des circonstances exceptionnelles. Les grands-parents n'avaient d'habitude pas le droit aux visites, mais l'équipe soignante savait assouplir les règles en cas de force majeure, et ç'en était une.

— On a fait du peau à peau tout l'après-midi et je lui ai donné un biberon. Je n'avais jamais fait ça avec aucun autre de mes petits-enfants et encore moins avec mes enfants ! On a passé un bon moment tous les deux, tu sais.

Guillaume voulut répondre à son beau-père que oui, il savait à quel point c'était bon d'avoir un si petit bébé contre son cœur, mais c'était trop d'efforts.

— Reste tranquille, mon garçon, Elsa va revenir te voir. On lui a dit qu'elle pouvait passer une nuit de plus à l'hôpital pour rester à tes côtés. Tu la connais, elle serait revenue par la fenêtre sinon !

Elsa avait passé l'après-midi dans la chambre de Guillaume. Son visage rassurant, sa présence amoureuse, il ne les avait donc pas rêvés.

— On a eu le résultat de l'IRM et des prises de sang, reprit Jacques. Bonne nouvelle, ce n'est pas un AVC. Et pas une tumeur ni une méningite non plus. La mauvaise, c'est qu'ils ne savent pas ce que tu as et qu'ils vont te garder tant qu'ils n'ont pas le fin mot de l'histoire.

Guillaume ne se sentait pas vraiment soulagé. Il se sentait vide. On aurait pu lui apprendre qu'il n'avait plus que vingt-quatre heures à vivre, il n'aurait pas sourcillé.

Il essaya de sourire pour rassurer Jacques, mais son hémiplégie faciale devait le faire ressembler à une gargouille et son effort dut avoir l'effet contraire, vu l'air apeuré de son beau-père.

Les yeux de celui-ci se mirent à briller un peu trop. Comme s'il avait compris ce qui traversait l'esprit de son gendre, il posa sa grosse main sur son épaule en glissant pudiquement :

— Ta famille a besoin de toi, mon garçon. Tu m'entends ?

Allongé sur ce lit d'hôpital, paralysé pour moitié, Guillaume ne s'était jamais senti aussi vulnérable dans sa vie d'adulte. Il pensa que, si elle n'était pas morte une dizaine de jours plus tôt, sa mère aurait été là, avec lui, à la place de Jacques. C'est elle qui l'aurait veillé, elle qui aurait pris soin d'Hannah pour décharger Elsa. Elle qui aurait appelé les infirmières pour changer ses draps souillés. Elle qui aurait apposé sa main tiède sur son front brûlant. Elle qui aurait remué ciel et terre dans cet hôpital pour avoir un diagnostic. Elle qui lui aurait donné cet amour maternel qui lui manquait si cruellement.

Il éprouvait une reconnaissance sincère pour son beau-père, mais, à cet instant, il voulait juste sa maman.

Cette évidence le brisa en mille morceaux. Il éclata en sanglots, laissant s'effondrer le barrage qui retenait ses larmes et sa tristesse depuis si longtemps. Il pleura sa mère, il pleura la peur de perdre sa fille, il pleura sa paralysie mystérieuse, il pleura son enfance, il pleura ses regrets, il pleura son père, aussi, qu'il n'avait finalement jamais pris le temps de pleurer. Il pleura de longues minutes ainsi, soutenu par la main calleuse de son beau-père sur son épaule, cajolé par les mots maladroits que cet homme rugueux n'avait pas l'habitude de prononcer. Il pleura jusqu'à se sentir complètement sec, secoué par quelques rares sanglots qui revenaient régulièrement alors que les larmes ne coulaient plus. Il pleura à nouveau quand Elsa vint prendre la relève de son père et l'entoura de ses bras moelleux. Il pleura jusqu'à s'endormir, assommé de fatigue, dans un sommeil paisible veillé par son aimée.

DIANE

ILS S'ÉTAIENT DONNÉ RENDEZ-VOUS CHEZ PROSPER, un dimanche, en souvenir du bon vieux temps. Ils avaient choisi l'heure du goûter, parce que cela semblait plus facile de se raconter leur vie devant un latte, que devant un burger rustique, si appétissant soit-il. Diane aimait cet endroit, qui lui rappelait ses années de lycée. Elle y prenait des cafés, bien trop chers pour son maigre argent de poche, qu'elle payait encore en francs à l'époque. Elle y révisait ses cours et rêvassait en regardant les garçons de terminale, tellement plus cool que les idiots de sa classe de première L. Plus tard, elle y faisait des gueuletons mémorables avec ses copines autour d'une bonne tartine et d'un tiramisu au Nutella. Les confidences allaient bon train, elles se racontaient leurs histoires de cœur ou de fesses la bouche pleine, un verre de rouge à la main. C'était là que Jess lui avait annoncé qu'elle attendait son premier enfant… Qu'est-ce qu'elles avaient pu pleurer et rire en même temps, ce jour-là ! Cette brasserie, elle l'avait fait découvrir à Olivier et il l'aimait autant qu'elle. C'était là qu'ils avaient la première fois évoqué l'envie d'avoir un bébé rien qu'à eux. Elle s'imaginait déjà en train d'y admirer les échographies tout en partageant une mousse au chocolat... Ce café, c'était chez elle.

Il avait fallu à Diane plusieurs semaines pour encaisser la nouvelle du départ d'Olivier. Dans sa lettre, il évoquait l'immense solitude qui l'accompagnait depuis des mois. Il racontait toutes les douleurs face aux évitements de Diane ou encore face à la déception dans ses yeux quand il avait une « panne ». Il l'aimait de tout son cœur, il l'aimerait toujours, seulement il n'aimait plus celle qui partageait son quotidien. Il ne savait plus la rendre heureuse et lui-même souffrait depuis trop longtemps. L'idée de la quitter trottait dans sa tête depuis plusieurs semaines, mais il espérait toujours. Lorsqu'il avait compris que Diane avait tout simplement oublié ce rendez-vous à la clinique, ça l'avait blessé d'une manière inouïe.

Elle avait pleuré à ne plus pouvoir s'arrêter, soutenue par sa garde rapprochée. Marie, Jess, Julie et leurs familles s'étaient relayées auprès d'elle durant plusieurs jours. Diane s'écroulait régulièrement, chaque fois qu'elle prenait conscience que ce n'était pas un rêve, mais bien la réalité. Olivier l'avait quittée. C'était très différent d'être celle qui se fait plaquer, surtout quand on avait le même dessein. Elle avait refusé de solliciter un arrêt de travail, de peur de déprimer encore plus, et, au moins, cela l'obligeait à se lever le matin. Bon petit soldat un jour, bon petit soldat toujours ! Quand elle sortait du boulot, elle allait chez l'une ou l'autre de ses amies pour dîner, ou alors elles se retrouvaient chez Diane autour d'une bouteille de Tariquet et d'une glace Ben&Jerry's pour regarder une série ensemble. *Friends*, *Buffy*, n'importe laquelle, tant qu'elles pouvaient le faire en discutant de tout et de rien.

Dans toute sa démesure, elle avait juré qu'elle ne reverrait plus jamais Olivier et qu'il pouvait aller crever en enfer après l'avoir quittée aussi lâchement. Au bout d'un mois, elle comprit qu'ils allaient devoir se parler pour régler pas mal de questions pratiques et finit donc par répondre à son SMS qui lui demandait « un moment pour qu'on règle les encours ». Cette formulation administrative lui avait fait un mal de chien.

Elle arriva avec dix minutes de retard, par principe, alors qu'elle se faisait un devoir de toujours être en avance. Elle le vit de loin, assis près de la vitre en train de regarder son téléphone avec une mine sombre. Elle le trouva d'une beauté désarmante et la colère qu'elle ressentait dans le métro quelques minutes auparavant s'apaisa. Olivier était l'homme qu'elle avait aimé et à qui elle avait offert sept ans de sa vie, il n'était pas seulement l'homme qui l'avait quittée d'une simple lettre.

— Salut.

— Salut, répondit-il en levant la tête de son portable. Tu vas bien ?

Il avait l'air vraiment désolé. Paradoxalement, cela fit encore plus mal à Diane. Ce type n'était pas un salaud, elle le savait bien, mais ça l'aidait à faire son deuil de l'imaginer ainsi.

— Je suis vivante, c'est déjà pas mal. Je n'ai pas envie qu'on traîne, on peut passer au vif du sujet, s'il te plaît ? déclara-t-elle sèchement tout en interpellant la serveuse qui passait. Je vais prendre un grand crème s'il vous plaît, merci.

— OK, on commence par l'appart ? J'ai eu le proprio : il est d'accord pour qu'on le libère début décembre, ça nous raccourcit le préavis et ça te laisse du temps pour trouver un logement. En attendant, je continuerai à payer ma part du loyer. Pour les meubles, je te propose qu'on...

Les restes de leur vie commune furent liquidés en moins de trente minutes, ligne après ligne sur le petit cahier à grands carreaux qu'avait apporté Olivier pour l'occasion. Une affaire rondement menée, l'avantage quand on se sépare de quelqu'un d'hyper organisé. Son attitude était tellement clinique qu'elle en devenait insupportable.

Alors que la serveuse venait leur demander s'ils souhaitaient autre chose, Diane constata qu'elle affichait un petit ventre de femme enceinte. Tout bombé, tout joli, tout fier. Impossible de se taire et de faire comme si plus longtemps.

— Pourquoi tu m'as fait ça ?

— Diane, je...

— POURQUOI ? répéta-t-elle en tapant son poing sur la table. Tu es parti comme un lâche, sans RIEN me dire. Tu as disparu après sept ans en vidant l'appart et en ne laissant qu'une simple lettre. Bordel ! Tu te rends compte de la violence que tu m'as infligée ? POURQUOI ?

Elle était hors d'elle, la rage vibrait fort dans sa gorge, elle ne retiendrait rien. Olivier avait l'air mort à l'intérieur, comme s'il attendait que l'orage passe.

— Tu m'as abandonnée sans remords ! POURQUOI tu n'as rien dit ?

— Je ne pouvais plus affronter ton indifférence, Diane. Tu ne te mettais même plus en colère, comme si je ne comptais plus, comme si j'étais transparent. Je n'étais plus heureux. Je t'ai tout expliqué dans la lettre, tout ce que je n'arrivais pas à t'avouer, parce que j'avais peur de toi. Dès que je te parlais, tu te refermais comme une huître et, si j'insistais, tu m'envoyais bouler. On ne pouvait même plus évoquer le bébé, tout semblait t'insupporter, moi le premier.

— Mais j'étais tellement seule, Olivier, tu n'as rien compris.

— C'est l'histoire que tu veux te raconter : tu n'étais pas seule, Diane, tu as choisi de t'isoler. J'étais là de bout en bout. On le voulait ensemble, ce bébé, puis tu t'es éloignée, comme pour te punir, tu as fermé les portes, tu n'étais plus accessible. Chaque test négatif est devenu ta défaite. Ça te faisait trop mal, alors tu m'as repoussé autant que tu pouvais. J'ai essayé de continuer pour nous deux, mais tu n'as rien vu,

Diane. Ne me transforme pas en méchant, c'est trop facile.

Elle voulut continuer à être furieuse, mais elle n'y parvint pas. Une fois de plus, elle fondit en larmes, le visage dans les mains.

— Diane, je t'aimerai toujours, mais nous nous sommes fait beaucoup de mal ces derniers mois. Je suis la dernière personne à pouvoir te consoler et inversement. J'ai eu besoin de me protéger de toi. Je sais que j'ai ma part de responsabilité, moi aussi, dans tout ce qui a merdé. Je n'ai pas su te chercher dans ta tour d'ivoire et je le regretterai sûrement jusqu'à la fin de mes jours, parce qu'on aurait pu avoir une vie merveilleuse, tous les deux, avec ou sans enfant.

Le silence vint souligner cette dernière phrase.

Tout en quittant la table, Olivier sorti un petit paquet recouvert de kraft de son sac à dos.

— Je sais que ça n'a plus beaucoup de sens de t'offrir ça maintenant, mais je l'avais fait réparer en prévision de ton anniversaire. Et comme le 23 octobre, c'est demain, le voilà.

Il déposa le cadeau devant elle et l'embrassa affectueusement sur le haut de la tête avant de partir régler leurs consommations au comptoir.

C'était le premier cadeau d'anniversaire qu'elle recevait pour ses 35 ans et sûrement le dernier que lui offrirait Olivier. Elle attendit qu'il ait quitté le café pour ouvrir l'emballage. Sous le papier se cachait une petite assiette de bébé en porcelaine illustrée du Peter Rabbit de Beatrix Potter en train de manger des carottes dans le jardin de M. MacGregor. Diane l'avait reçue à sa naissance et l'avait gardée auprès d'elle toute sa vie. Olivier l'avait fait tomber cet été dans l'évier de la salle de bains, où elle faisait office de porte-savon, et l'avait cassée net en deux. L'assiette semblait identique, mais, quand on la regardait de près, on pouvait déceler une très fine fissure qui avait été subtilement recollée.

Il y a longtemps que je t'aime...

ÉLISABETH

LA SOIRÉE DE GARDE CONTINUA SANS ENCOMBRES. Dans une salle, Charlie, sous péridurale et maintenant à 10, attendait juste que le bébé descende, pendant que Sylvie, la « gémellaire », subissait courageusement les assauts des contractions dans l'autre pièce. On entendait parfois ses cris de douleur dans les couloirs, et Élisabeth priait pour que ces hurlements ne filent pas trop la frousse à Charlie. Il n'y avait pas eu besoin d'appeler le professeur Langlois pour le moment, mais elle le biperait quand on approcherait de la naissance des jumeaux afin qu'il procède à l'accouchement.

Depuis le départ de la jeune fille, un couple avait sonné aux urgences de la maternité pour des contractions, mais, après examen, il s'était avéré que c'était un faux travail. Tant mieux, car, à 30 SA, ce bébé avait encore besoin de rester au chaud quelques semaines. Le couple était reparti, rassuré par le diagnostic et les mots justes d'Élisabeth.

L'infirmière en suites de couches l'avait bipée une fois pour vérifier une épisio un peu gonflée qui l'inquiétait. Pendant ce temps, Dédé, qui avait l'habitude de la maternité, naviguait sereinement entre les patientes, prenait les constantes avec la régularité d'un métronome, laissant à Charlie et Michel l'intimité nécessaire dans pareil moment.

Cette garde occupait juste assez l'esprit d'Élisabeth pour qu'elle ne ressente pas les nausées dues à son état et qu'elle n'ait pas le temps de se poser les questions brûlantes qu'exigeait sa situation. Mais, maintenant qu'elle prenait une pause de quelques minutes au poste avant les accouchements à venir, elle repensa à sa conversation avec la touchante petite Geneviève. Malgré leurs quinze ans d'écart, elles se trouvaient confrontées à la même situation. Un bébé non désiré. Un amant qui n'en veut pas. Le choix entre leurs mains. Geneviève avait opté pour le bébé. Élisabeth n'avait toujours pas la réponse, mais l'attitude de Christian avait irrémédiablement cassé quelque chose entre eux. Après leur étreinte du soir, elle avait espéré très fort qu'il ait changé d'avis. Mais non, un docteur parisien de 50 ans, admiré par ses pairs à l'hôpital, installé confortablement dans son travail et son ménage depuis vingt-cinq ans, ne pouvait décidément pas secouer les convenances juste par amour pour elle. Aucun homme n'avait renoncé à quoi que ce soit pour elle, d'ailleurs. Ni son amour de jeunesse, Patrick, dont la famille ne pouvait envisager qu'il se marie avec une non-juive, ni George, l'homme avec qui elle avait vécu six ans et qui était reparti vivre en Irlande sans lui expliquer vraiment pourquoi, si ce n'est qu'il ne pouvait habiter loin de sa terre natale. S'il le lui avait demandé, elle serait partie, elle aurait pu tout envisager tant qu'ils restaient ensemble. Il ne lui avait même pas offert cette possibilité. Là, elle avait la main finalement. Elle pouvait choisir de garder Christian, sous ses conditions à lui. Il disait lui donner tout ce qu'il pouvait. Était-ce assez pour elle ? Elle s'en contentait bien depuis deux ans, alors pourquoi pas ? D'un autre côté, il y avait ce bébé qu'elle ne connaissait pas, qu'elle essayait même d'oublier depuis le début de la semaine. Ce bébé si petit et tellement encombrant. Qui était donc cet être qui compliquait sa routine étriquée mais rassurante ?

Elle eut alors une idée folle, complètement dingue pour une personne aussi sage qu'elle. Quelques minutes plus tard, elle se retrouva les fesses à l'air sur la table d'auscultation de la salle d'échographie. Les sages-femmes ne pratiquaient pas les échographies, c'était le rôle des obstétriciens dans le service, mais pour avoir déjà assisté à de nombreuses échos ces dernières années, elle avait bien compris le fonctionnement de l'appareil, ce n'était pas si sorcier que ça.

Le cœur battant, elle alluma l'imposante machine qui vrombit et attendit patiemment que l'écran s'allume. Elle eut très envie de tout arrêter de peur de se faire surprendre – par qui en pleine nuit ? se raisonna-t-elle –, mais sa curiosité lui venait des tripes, il fallait qu'elle voie, elle avait besoin de savoir, d'être sûre avant de prendre une décision.

Les mots de passe étant notés sur un vieux papier jauni scotché en bas de l'écran, elle n'eut qu'à les rentrer, puis à brancher la sonde.

Elle inspira bien fort, s'installa confortablement et commença l'exploration. Son cœur à elle palpitait de manière complètement anarchique, elle se sentait au bord du malaise tant l'adrénaline était forte à cet instant.

Elle n'eut pas à chercher longtemps. Elle le vit clairement à l'image, comme le nez au milieu de la figure. Elle le reconnut immédiatement derrière les pixels blancs qui clignotaient maladroitement sur l'écran noir. La terre s'arrêta de tourner l'espace de quelques secondes. Il n'existait plus rien que cette vérité mêlée de noir et de blanc qui criait sa présence à l'écran.

Il était là, avec une évidence déconcertante. Il ressemblait à ces guimauves en forme de petit Jésus qu'on mangeait à Pâques. C'étaient les bonbons préférés d'Élisabeth, qui les suçait jusqu'à ce qu'ils se désagrègent sur sa langue.

Il était bien là, son bébé-bonbon. Son petit Jésus. Sa tête ne le savait pas encore quelques minutes avant, mais son cœur l'attendait depuis toujours. Toutes ces années passées dans les bras d'hommes qui la faisaient patienter l'avaient menée à cette rencontre, à cet instant d'éternité. Tout prenait sens, il était là, à se balancer dans son petit hamac, avec sa tête énorme et ce cœur que l'on voyait déjà battre. Elle avait voulu être mère il y a longtemps, elle avait juste oublié qu'elle avait enfoui cette idée au plus profond d'elle-même pour ne plus souffrir de devoir patienter, pour pouvoir continuer à mettre au monde les enfants des autres. Pour ne plus avoir si mal quand elle était abandonnée. Pour ne plus jamais risquer de s'attacher vraiment.

Elle s'était oubliée elle-même dans les bras de Christian. En craquant pour un homme marié, elle s'était interdite d'être aimée pleinement. Elle prit conscience qu'elle n'avait plus cette angoisse de vivre loin de lui. Non pas parce que ce bébé allait combler son besoin d'être aimée, mais parce qu'elle ressentait à ce moment-là un amour très fort. Un amour si profond, si tendre, si délicat qu'elle se sentait prête à tout affronter.

Elle s'aima, elle, Élisabeth, avec une incroyable gratitude. Elle s'aima d'avoir su accueillir en elle cette nouvelle vie. Elle débordait d'amour pour ce bébé, même s'il ne faisait que quelques millimètres dans son ventre.

Les yeux fixés sur l'écran où se détachait la plus merveilleuse silhouette d'embryon qu'elle avait jamais vue, elle était comme hypnotisée.

Elle avait pour elle-même et pour ces petits pixels un amour d'une force incroyable, tout le reste irait bien, quoi qu'il arrive.

Les appels désespérés de Dédé dans le couloir l'arrachèrent à ce moment de grâce.

— Babette, Babette, t'es où ? Babeeeeeeeeeettttte, réponds, bordel ! Babeeeeeeeeettttte !

Élisabeth sortie paniquée de la salle d'échographie. Combien de temps était-elle restée à fixer ce petit cœur qui clignotait frénétiquement ?

— Ça fait dix minutes que je te bipe, t'étais où ?

— Pardon, je ne me sentais pas bien, j'étais aux toilettes… Je dois avoir une intox, je suis à côté de mes pompes.

— C'est Charlie, elle sent la tête et elle est à deux doigts de paniquer ! Vite !

Les deux femmes se ruèrent jusqu'à la salle d'accouchement, où Charlie se tenait mi-assise, mi-allongée, blême, une main sur son ventre qui avait étrangement changé de forme. Michel essayait de lui passer une serviette humide sur le front, mais elle le repoussait comme on évente une mouche.

Dédé avait préparé le matériel pour Élisabeth, qui fonça tout de suite vérifier où en était le travail. Elle plaisanta pour éviter d'avoir à se justifier de son absence complètement irresponsable.

— Alors comme ça je vais aux toilettes cinq minutes et c'est le moment où madame Charlie décide qu'il faut pousser… Ah oui, effectivement, on voit la tête. Bon, je vais te demander de serrer les fesses le temps que je me prépare ! Michel, ça va ?

Celui-ci ne répondit rien, mais Charlie avait encore beaucoup de repartie pour une femme en train d'accoucher.

— Babette, j'ai jamais eu aussi peur de ma vie, alors je te préviens, si tu laisses ce bébé tomber par terre, je n'irai plus jamais courir aux Buttes-Chaumont avec toi.

— Pff, tu dis ça parce que tu sais très bien que j'ai plus de potentiel de joggeuse que toi et tu as peur de ne plus pouvoir me suivre. Je te comprends, surtout que tu devras pousser la poussette en courant maintenant !

— Tu rigoles, c'est Michel qui va garder le bébé, il l'emmènera au PMU parier sur des canassons !

— Mieux, je l'emmènerai au champ de courses ! renchérit-il.

— Dédé, les constantes sont bonnes ?

— Nickel chrome ! On a une bonne élève ! On n'attend plus que le petit « Michel » ou la petite « Charlie ».

— Vous ne voulez toujours pas nous donner les prénoms choisis ? tenta Élisabeth en se tournant vers Michel.

Elle essayait depuis plusieurs mois d'en savoir plus, mais le couple ne craquait pas.

— Tu vas attendre cinq minutes de plus, ma grande, rétorqua son amie.

— Cinq minutes pour accoucher ? T'es optimiste, ma chérie !

— Non, j'ai surtout la meilleure équipe du monde à mes côtés.

Élisabeth et Dédé se regardèrent, complices. Elles étaient toutes les deux en tenue et gantées.

— Allez, on y va, déclara Élisabeth en remontant son masque.

Elle n'avait jamais aimé son métier autant qu'à ce moment précis.

GUILLAUME

— QUAND VOUS ÊTES VENU CONSULTER LA PREMIÈRE FOIS, vous m'avez dit que vous aviez pleuré sans pouvoir vous arrêter à l'hôpital, le jour de votre accident. Quel effet cela vous a-t-il fait ?

— C'était déstabilisant, comme si je tombais dans un puits et que je ne savais pas si j'en toucherais le fond un jour.

— Est-ce que vous sauriez me dire ce qui alimentait ces larmes ?

— Non.

— Est-ce que vous avez le souvenir d'avoir déjà craqué ainsi ?

Guillaume ne voulait pas aller dans cette direction. Il était pourtant là pour ça, c'était ce que tout le monde attendait de lui. Ouvrir à nouveau la brèche semblait au-dessus de ses forces.

Pour gagner du temps, il s'absorba dans la contemplation de la moquette beige du cabinet de la psychologue. Il pouvait voir l'usure des poils à l'endroit où elle posait les pieds, croisant et décroisant régulièrement les jambes pour maintenir son bloc-notes à la bonne hauteur.

C'était la première expérience de thérapie de Guillaume, et ça avait tout de suite collé avec elle. Quinquagénaire pimpante, aimable, avec une pointe d'humour quand il fallait, elle était parfaite. Quand il parlait de son sentiment de lassitude, de sa difficulté à supporter ses enfants, de sa culpabilité à aller mal alors qu'il avait une famille en bonne santé, une maison, un travail, une femme qui l'aimait, elle se montrait compréhensive et ne sortait pas de poncif. Elle l'aidait à débroussailler ses émotions, à faire le tri entre ce qui lui était utile et ce qui l'encombrait. Enfin, au début. Cela faisait plusieurs séances que Guillaume venait la voir la peur au ventre. Il redoutait ce tête-à-tête qui le faisait plonger plus profond. Il existait des endroits qu'il n'avait pas envie d'explorer.

« Guillaume, est-ce que vous aviez déjà craqué ainsi ? »

Il savait très bien que oui, mais à quoi bon revisiter ce souvenir qui le hantait encore parfois la nuit ? Quel intérêt de secouer ce vieux dossier ? Il avait 12 ans, il partait pour la première fois en colonie dans le Périgord. Lui qui faisait habituellement partie des mecs cool n'avait pas réussi à s'intégrer vraiment dans le groupe des garçons. Le deuxième jour, il avait marqué un but contre son camp lors d'un match de foot et il était devenu la risée de toute la colo. Même les moniteurs mimaient son affreuse passe en retrait quand ils le croisaient. Ça avait duré toute la semaine. Ça semblait peut-être dérisoire pour des adultes, mais pas pour lui. Cette simple erreur l'avait mis au ban : il mangeait seul et se faisait charrier, surtout dans le dortoir le soir, ce no man's land où les monos n'intervenaient que de loin. On versait des verres d'eau dans son lit pour faire croire qu'il avait fait pipi, on vidait un tube de dentifrice dans ses chaussettes, tout était bon pour le harceler. Il devait retenir ses larmes et, quand il n'y arrivait pas, il se faisait encore plus moquer.

Quand ses parents l'avaient récupéré à la gare, il avait fait bonne figure et n'avait soufflé mot de ses mésaventures. Il avait tellement honte qu'il ne pouvait leur en parler. La nuit venue, il avait pleuré des heures durant. Depuis, il s'était forgé une carapace et choisissait avec soin les moments où il s'autorisait à craquer : aucun.

— Non, jamais.

Contrariée par cette réponse définitive, la psychologue n'y alla pas par quatre chemins.

— Écoutez, Guillaume, je suis là pour vous accompagner, mais le travail, c'est à vous de le faire. Depuis quelque temps, vous restez à la surface des choses. C'est votre droit le plus total, mais je serais une mauvaise professionnelle si je ne vous alertais pas sur le sujet.

— Je vois.

— Je vous laisse partir aujourd'hui avec cette question. À quel point êtes-vous prêt à vous investir dans cette thérapie ? Nous avons rendez-vous dans trois jours, je vous laisse réfléchir. Bon week-end, Guillaume.

Il avait passé la porte du cabinet en se jurant de ne jamais revenir, il en avait marre de toutes ces contraintes depuis qu'il était malade. Stop, qu'on le laisse tranquille.

Les examens poussés réalisés pendant son hospitalisation n'avaient pas permis de trouver la cause de sa paralysie. On appelait ça une « hémiplégie idiopathique ». Dès le lendemain de la crise, son corps avait repris son fonctionnement habituel, mais le visage restait figé. Au bout d'une quinzaine de jours, il avait fini par retrouver une mobilité presque normale des traits. Il lui restait quelques séquelles sur le côté gauche, qui tressautait parfois de manière involontaire. On lui avait prescrit un traitement antiviral par acquit de conscience et quelques séances de rééducation avec un kiné. Le médecin ayant signé ses papiers de sortie avait également soulevé la possibilité du rôle d'un choc émotionnel et lui avait conseillé avec bienveillance de réfléchir à une exploration d'ordre psychothérapique. Il avait pris rendez-vous dans la foulée et y allait deux fois par semaine, pour le résultat que l'on connaissait un mois plus tard.

Le dimanche suivant la remontée de bretelles de la psychologue avait ressemblé aux jours précédents.

Depuis son attaque, Guillaume se sentait toujours étranger aux événements. Une fois de plus, il avait repoussé la proposition d'Elsa d'aller se promener à la plage avec les enfants, car il était fatigué. Elle était donc partie seule avec eux durant deux heures pour que la petite bande prenne l'air. S'en était suivi le « tunnel » du bain-repas-coucher, qu'elle avait géré toute seule dans une ambiance survoltée pendant que Guillaume jouait sur son téléphone d'un air absent. Il sentait bien qu'il aurait dû participer, mais il n'en avait pas envie. Les pleurs d'Hannah l'irritaient, les disputes pour un croûton de pain entre Timothée et Alice l'épuisaient, tout était « trop » pour lui.

Alors que les enfants étaient couchés depuis un quart d'heure, il entendait sa femme s'affairer encore pour nettoyer les grains de riz qu'ils avaient disséminés avec application sur le carrelage. Un grand fracas suivi d'une longue plainte d'animal blessé le sortit de sa torpeur. Il fila à la cuisine, où il la trouva assise à même le sol, la casserole pleine de riz s'était renversée. Elle pleurait en miaulant, il ne l'avait jamais entendue pleurer ainsi. Il resta hagard face à elle, incapable de se baisser pour la prendre dans ses bras, comme il l'aurait fait habituellement. Il ne ressentait rien, que du vide. En constatant qu'il ne bougeait pas, Elsa prit du riz à pleine poignée et le lui jeta dessus dans un geste de désespoir.

— Mais tu ne vois pas que je suis à bout ! Je n'y arrive pas toute seule, Guillaume, j'en peux plus. Ça fait des semaines que je gère tout, des semaines que je te laisse tranquille pour que tu récupères, mais tu vas de plus en plus mal. Tu ne nous vois plus, ni moi, ni les enfants, tu nous évites. Je fais tout pour que la vie soit simple pour toi et tu te noies encore plus. Je n'y arrive plus, il faut que tu réagisses, que tu te soignes, je ne te reconnais plus. Dis quelque chose, bon sang, parle ! Tu me fais peur !

Guillaume inspira et ferma les yeux. À l'intérieur de lui, ça sonnait creux. Il n'y avait rien à dire. Il n'y avait que le néant à partager. Ça se partage comment, cette vertigineuse vacuité ? Vide de mots, il s'accroupit et s'assit derrière Elsa pour l'entourer de ses longs bras, auxquels elle s'agrippa.

Il chuchota un « pardon », puis un « j'ai besoin de toi, je suis si seul », suivi d'un autre « pardon ».

— Ça va pas, vous vous êtes fait mal ? interrogea une petite voix.

Sur le pas de la porte de la cuisine, Alice et Timothée se tenaient la main en regardant leurs parents assis par terre au milieu des grains de riz.

Elsa rit entre ses larmes :

— Mais non, les enfants, personne ne s'est fait mal, c'est juste la casserole qui est tombée, tout va bien.

— Et c'est l'anniversaire de papa déjà ? demanda Alice.

— Non, c'est demain, ma puce, on fera un beau gâteau pour papa, ça marche ?

— Tu le veux à quoi ton gâteau, papa ? Au chocolat ?

— Évidemment, assura Guillaume en esquissant un sourire tout en ouvrant les bras pour accueillir ses enfants.

Rassurés, Alice et Timothée vinrent s'y blottir. Guillaume ferma à nouveau les yeux et décida que cet instant serait son moment « kintsugi ». Il allait couvrir ses blessures d'or et de chocolat pour leur donner une nouvelle signification.

DIANE

— JE TE JURE, quand j'ai vu ton nom dans le cahier de rendez-vous, je n'y ai pas cru. Je pensais que tu étais morte ou que tu avais été enlevée par Daesh ou un truc comme ça, mais, en fait, c'est bien pire, ce qu'il t'est arrivé ! Je suis sous le choc, COMMENT AS-TU OSÉ me faire ÇA ? s'exclama Bertrand avec effroi. Non mais vraiment, Diane, qu'est-ce qui t'est passé par la tête, c'est un crime contre l'humanité à ce niveau !

Bertrand, l'air dégoûté, tenait du bout des doigts la longue chevelure filasse et jaunie de Diane. Celle-ci se faisait toute petite en regardant son reflet et celui de son coiffeur dans le miroir entouré de néons. Face à Bertrand et à son courroux affectueux mais franc, elle était au collège et le principal était à deux doigts de lui flanquer une heure de colle pour tenue inappropriée.

— Je te jure, je suis à ça de me trouver mal. À quel moment tu as pu penser que c'était une bonne idée de t'infliger cet… Je ne sais pas, les mots me manquent. Mais regarde-moi ces racines et ces pointes fourchues.

— Je sais, je sais, Bertrand, on va dire que mes cheveux n'étaient pas ma priorité ces dernières années.

— Avoue, c'était pour un pari ? Je ne vois que ça pour expliquer le résultat.

— Hum, allez, j'avoue tout : c'était un pari et je l'ai perdu, renchérit-elle sur le ton de la plaisanterie.

Au fond d'elle, elle savait qu'elle ne disait que la triste vérité. Un pari perdu sur bien des plans.

— C'est de la négligence, ma chérie, c'est important de s'aimer et de se respecter, tu sais, et là, visiblement, tu as oublié de le faire.

— Bon, quand tu auras fini de m'engueuler, on pourra décider de ce qu'on fait avec ma queue de vache ?

— La boule à zéro, chérie, je vois que ça ! Comme Britney en 2008 !

L'éclat de rire de Bertrand prouva à Diane qu'il ne lui en voulait pas d'avoir disparu trois ans sans donner de nouvelles. C'était certes son coiffeur, mais aussi son copain de potins. Ils prenaient souvent l'apéro pour se raconter leur vie par le menu et pour baver sur le look des gens qui passaient dans la rue. Lui n'avait pas bougé. Il l'avait accueillie en poussant des petits cris de bonheur avant d'émettre des couinements effrayés face à la catastrophe capillaire qu'elle arborait.

— Suis pas prête pour la boule à zéro, Bertrand ! Tu peux juste me rendre figure humaine ?

— C'est clair que t'es pas prête. Avec le teint affreux que tu as, on croirait que tu as un cancer en phase terminale. Fais-moi penser à te donner des patchs anti-poches. Il faut avoir un visage aux traits parfaits pour supporter la boule à zed, ajouta-t-il en faisant un clin d'œil à son reflet de Monsieur Propre dans le miroir. Donc, si je résume, là, on part sur « une nouvelle coupe pour une nouvelle vie », genre : « Je suis indépendante, sexy, et je vais tout cartonner » ? questionna Bertrand en caressant son propre crâne rasé de près.

— Fais ce que tu veux, toi seul sais comment me rendre belle.

Diane n'avait pas besoin de psy, elle avait un coiffeur. Qui avait toujours les mots justes. Avec beaucoup d'amour, il la secouait et tapait dans le mille chaque fois. Avec lui, impossible de mentir. « Je lis dans tes cheveux et sur ton visage tout ce que tu es. Tu peux te mentir à toi-même, ma chérie, mais à moi, tu ne peux pas », lui avait-il confié un jour alors qu'ils prenaient un café. Elle s'était éloignée de lui au début de leur projet « enfant » avec cette histoire de pari « contre » elle-même. Désormais, elle songeait qu'elle avait aussi pris de la distance, car elle ne voulait pas qu'il mette en évidence tout ce qui la rendait malheureuse dans sa vie. Le miroir qu'il lui proposait ne lui permettait pas de se bercer d'illusions : elle avait donc préféré le recouvrir d'un voile opaque.

Diane passa quatre heures au salon. Couleur, shampooing, massage du cuir chevelu, masque nourrissant, rinçage à l'eau froide, coupe, brushing, Bertrand lui fit la totale. Elle eut le temps de tout lui raconter : le bébé qui ne venait pas, les difficultés, l'amour qui se distend, l'angoisse du ventre vide, le rejet de l'autre qui s'insinue, l'appartement déserté au retour, la lettre d'Olivier si douloureuse et si libératrice. Ils s'étaient aimés, ils se volaient maintenant l'un à l'autre leur vie. Leur couple n'avait aucune chance, c'était trop tard pour appeler les pompiers. Il aurait fallu prendre le problème avant, se parler plutôt que se murer l'un et l'autre dans un silence qui les avait tués à petit feu. Elle voyait tout ça clairement maintenant qu'elle avait un peu de recul. Un jour, sûrement, ils pourraient se reparler de manière apaisée autour d'un verre et panser les blessures en cours de cicatrisation, mais pas tout de suite. Pour l'heure, le seul projet de Diane, c'était elle-même.

Avant de lui faire découvrir son visage dans le reflet du miroir, Bertrand prit soin de la démaquiller et de la remaquiller avec une lenteur appliquée.

— Bordel, je suis un génie ! commenta-t-il en contemplant son œuvre.

Sans se voir, Diane savait déjà qu'elle était canon. Elle le devinait dans les yeux de son ami, elle le sentait dans son corps. Elle avait l'impression de peser dix kilos de moins sans sa queue-de-cheval encombrante. Elle avait vu tomber ses cheveux sur le sol en grandes mèches filasse. Cette image avait quelque chose de morbide. C'était toute une partie de sa vie qu'elle enterrait à cet instant. L'ancienne Diane qui se sentait si malheureuse sans le savoir allait laisser la place à la Diane qu'elle était en train de devenir. Une femme plus attentive à ses besoins, pas nécessairement heureuse tout le temps, mais consciente de la beauté des petites choses. C'était un grand pas. Elle sentait ses pointes toutes douces caresser ses joues ; ses yeux lui semblaient plus ouverts grâce au mascara déposé avec minutie par son coiffeur chéri.

— Tu es prête ? l'interrogea Bertrand.

— Plus que jamais ! s'enthousiasma-t-elle.

Comme dans les programmes TV de relooking, il tourna la chaise d'un geste théâtral pour « la révélation ».

BOUM !

Le cœur de Diane explosa. De larges boucles dorées encadraient ses joues rebondies et s'arrêtaient juste au-dessus de l'épaule. L'or du blond faisait ressortir ses yeux noisette très clair et son teint mat. Il y avait du mouvement juste ce qu'il fallait dans cette coupe. Comme un condensé de vie et d'énergie. Ses cheveux respiraient la santé. Tout ce dont elle avait besoin en ce moment. Le gloss à peine rosé sur ses lèvres montrait qu'elle allait croquer le futur à pleines dents. Elle portait là son armure pour affronter l'avenir, ciselée sur mesure par un homme au goût très sûr.

— Alors ? Enfin, je te demande, mais j'ai ma réponse sur ton visage ! crâna-t-il.

— Waouh, c'est magnifique, Bertrand.

— Non, c'est pas magnifique, TU es magnifique.

— Je ne sais pas si je mérite tout ça après ce que je t'ai fait, s'excusa Diane.

— Ce n'est pas à moi que tu as fait quelque chose, ma biche. C'est toi que tu as blessée. Allez, répète après moi : « Je suis une fille géniale et je mérite qu'il m'arrive de belles choses. »

Elle pouffa, mais ne dit rien.

— Allez, ne me force pas à sortir la cravache, répète !

— Je suis une fille géniale et je mérite qu'il m'arrive de belles choses, affirma-t-elle d'une voix sûre en souriant à son double dans la glace.

Satisfait, Bertrand posa les mains sur les épaules de son amie en guise de validation. Diane prit sa main droite et la porta à sa bouche pour l'embrasser avant de prononcer un « merci » silencieux du bout des lèvres au reflet de son coiffeur, qui l'admirait dans le miroir.

Jamais je ne t'oublierai

ÉLISABETH

CHARLIE AVAIT ACCOUCHÉ COMME UNE REINE. Avec force et courage, fidèle à son image. C'était un magnifique garçon de 3,560 kilos pour 55 cm, une longue asperge au duvet blond.

Élisabeth avait été saisie par le regard bleu acier très paisible, presque placide, de ce nouveau-né. Ce qui était assez étonnant si l'on considérait qu'il avait passé neuf mois dans le ventre de l'une des femmes les plus énergiques de Paris.

Michel avait été exemplaire. Un mari qui avait tenu la main de sa femme, versé sa larme en coupant le cordon et embrassé fougueusement la nouvelle maman avec reconnaissance. Ils se méritaient bien, l'un et l'autre.

— C'est pas un beau tableau, ça ? demanda Dédé à sa collègue en désignant le couple penché sur la petite merveille dans les bras de sa mère.

— Le plus beau des tableaux, même. Du coup, je lui écris quoi sur son bracelet ? C'est moi qui choisis le prénom ou vous vous décidez à faire une déclaration officielle ?

Michel et Charlie se regardèrent, complices. Sans plus attendre, Charlie lança fièrement :

— Tu peux écrire Guillaume CHARLES, fils de Michel et Anne CHARLES, respectivement commercial et infirmière anesthésiste…

— Oh, ça va, t'emballe pas, c'est juste un bracelet, ça va pas rentrer, tout ça !

— Bon sang, tu sais que je découvre ton vrai prénom, Charlie ? Tu t'appelles Anne en fait ? s'étonna Dédé.

À cet instant, tout le monde rit, de surprise, de soulagement, de bonheur, de joie.

— Guillaume, ça lui va parfaitement, ponctua Élisabeth en lui attachant le bracelet bleu de l'hôpital autour du poignet.

— Comme Guillaume Tell, sourit Dédé.

Michel était parti téléphoner à toute la terre pour annoncer la naissance de son fils. Le fait qu'il soit 3 heures du matin ne semblait pas du tout lui poser de problème.

Dédé s'occupait de Mme Blanc, qui entrait dans le dur de la douleur. Sachant la complicité qui liait Charlie et Élisabeth, elle avait subtilement glissé à cette dernière qu'elle pouvait prendre son temps pour rester auprès de son amie.

Le délicat Guillaume dormait paisiblement dans son berceau transparent. Les deux femmes ne pouvaient s'empêcher de le regarder.

— Il est beau, pas vrai ?

— Magnifique, on dirait un baigneur.

— De toute manière, il était hors de question que je fasse un bébé moche !

— Avec ton profil de déesse grecque, tes yeux bleu lagon et le nez de Michel, c'était surtout impossible !

— Avoue, tu n'en as jamais vu de si beaux dans ta carrière ?

— J'avoue, tu as un don. Je n'ai jamais vu un nouveau-né aussi parfait. En toute objectivité, évidemment.

— Évidemment. Merci ma vieille, t'as assuré, glissa Charlie.

— Tu rigoles, c'est toi qui as tout fait. Des primipares comme toi, ça ne court pas les rues !

Charlie se mit à chouiner.

— C'est le plus beau jour de ma viiiiiiie.

En quatre années d'amitié, c'était la première fois qu'Élisabeth la voyait pleurer. Même quand elle s'était foulé la cheville en joggant, même quand elle avait perdu son grand-père, même quand elle avait enchaîné deux fausses couches l'année précédente, même à la sortie de la garde qui les avait tant traumatisées toutes les deux et qui avait marqué le début de leur amitié… Élisabeth en avait donc conclu qu'une Charlie, ça ne pleurait pas.

— Oh ma belle, oui, c'est le plus beau jour de ta vie, t'inquiète, c'est les hormones qui parlent.

— Ouiiiiii, je sais, mais j'aime pas faire ma lopette, tu sais bien…, dit-elle en reniflant. Et je suis vachement émue parce que tu as réussi à me sortir cette petite bête de 3,560 kilos sans épisio. À toi, je peux le dire, je n'avais pas du tout envie que tu me fasses du point de croix en bas.

— Tu as tort, je suis super douée en couture. Je t'aurais fait un petit minou qui sourit ! Bon, sèche tes larmes, parce que j'ai quelque chose à te demander et c'est très sérieux.

La nouvelle maman lâcha son nourrisson du regard pour se tourner vers son amie, qui avait les yeux brillants d'excitation.

— Charlie, mon bébé, je vais le garder. Je n'ai jamais été aussi certaine de quelque chose. Je vais dire adieu à mes fantasmes impossibles avec de Bourg et vivre enfin ma vie, pour moi et pour cet enfant. Il est si beau déjà, tu ne peux pas imaginer.

— Mais comment tu sais ça, toi ?

— Il se pourrait éventuellement que j'aie accidentellement chuté sur l'appareil d'écho et que, par le plus grand des hasards, il était allumé… et qu'en tombant dessus j'aie vu mon bébé à l'écran. Enfin, c'est juste une hypothèse, parce que, si je te dis la vérité, je vais être obligée de te réduire au silence.

— Va pour cette version alors ! Et de Bourg ?

— Je l'aime, mais je m'éteins à petit feu, et là, tu vois, je me fais passer avant lui, avant son confort, avant son amour qui ne peut pas être entier. Je mérite quelqu'un qui n'a pas peur de se promener avec moi dans la rue et qui reste dormir avec moi toute la nuit. Je veux une personne qui partage mon bonheur d'avoir ce bébé ou rien. Je pète de trouille, Charlie, je te jure que je suis complètement pétrifiée, mais ce qui me pétrifie encore plus, c'est de devoir prendre un cachet et d'attendre au-dessus de mes toilettes que « ça » passe. Je ne veux pas que ça passe. C'est comme une voie que je n'avais jamais envisagée qui s'est ouverte à moi. Alors, en décidant de garder ce bébé, c'est surtout moi que je sauve.

D'un geste tendre, Charlie prit les mains de son amie dans les siennes, l'interrompant juste un instant pour lui témoigner son émotion. Élisabeth reprit, ses boucles brunes virevoltant autour de son visage avec entrain :

— Tu sais, ce bébé, il ne va pas avoir de père pour débuter dans la vie et, en ce qui concerne sa mère, j'émets quelques doutes…

— Tu rigoles ? Tu vas être une maman géniale ! Je vois le soin que tu prends à t'occuper de tes nouveau-nés ici ! Et puis tu vas t'entraîner sur Guillaume et dans neuf mois tu seras parfaite !

— Tu dis ça parce que tu me vois avec les yeux de l'amour, mais j'accepte le compliment. Faudra que tu fasses équipe avec mon andouille de frère, qui sera forcément le parrain, mais tu crois que tu pourrais faire ça pour moi et accepter d'être la marraine de mon petit Jésus ?

— Jésus ? Tu ne vas pas l'appeler Jésus quand même ? Non, parce que si tu cherches un prénom de garçon, on aimait bien aussi Jérôme. Jérôme, c'est quand même mieux que Jésus…

— Mais non, idiote ! Tu veux bien ou pas ?

— Oh, mais oui, mille fois oui, évidemment ! Les mots me manquent ! répondit Charlie en pleurant à nouveau.

— Eh bien, qu'il soit noté dans les tablettes que, dans la nuit du 22 au 23 octobre 1983, Anne Charles, dite Charlie, a eu la chique coupée pendant quelques secondes !

— Bordel, quelle journée, pas vrai ! Tu ne pensais pas qu'il se passerait tout ça en arrivant à l'hôpital ce soir, pas vrai ?

C'était effectivement une garde où tout semblait réglé comme du papier à musique. Juste après la naissance du petit Guillaume, la poche des eaux de Mme Blanc s'était percée et le travail s'était accéléré brutalement.

Pendant que Dédé réveillait le professeur Langlois en pleine nuit – heureusement, il habitait à deux pâtés de maisons de l'hôpital et il serait là rapidement –, Élisabeth préparait le matériel : linge, compresses, Bétadine, pinces, spatules, forceps, fils, aiguille, couches, bracelets… tout en veillant à rassurer Mme Blanc, qui se fatiguait de plus en plus à chaque contraction. Son mari, qui avait l'air totalement dépassé par les événements, ignorait comment l'épauler durant les assauts presque incessants.

Cependant, sa simple présence avait l'air de donner de la force et de la confiance à sa femme ; ses petits mots d'encouragement maladroits, mais pleins d'amour, faisaient leur effet. Elle le gardait donc à proximité en attendant le retour de Dédé.

— Je vais mourir, je vais mourir, je ne peux plus supporter la douleur, au secours...

— Tu fais tout bien comme il faut, allez, respire, ma chérie, respire, là, je suis là, je suis là...

Sylvie Blanc n'avait jamais si bien porté son nom de famille. Elle affichait une couleur inquiétante. Quant à lui, il était à deux doigts de se mettre à hyperventiler à force de montrer à sa femme comment respirer.

Agacée, Élisabeth constata qu'il n'y avait toujours pas de berceau dans la salle d'accouchement. Mais, bon sang, c'était le triangle des Bermudes, les suites de couches, ou bien ! Il faudrait qu'elle demande à Dédé d'aller elle-même là-haut quand Langlois serait là...

— Bravo, madame Blanc, c'est très bien, respirez... Voilà, vous vous en sortez parfaitement. Et vous, monsieur Blanc, vous tenez le coup ?

— C'est Berthau, corrigea-t-il.

— Pardon ?

— Mon nom, c'est Berthau. Blanc, c'est son nom. On n'est pas encore mariés. Elle ne voulait pas avec un gros ventre. Mais les bébés, ça sera des Berthau, comme moi. Et comme elle bientôt.

— Ah, pardon, monsieur Berthau, excusez-moi, je vous ai appelé monsieur Blanc toute la nuit !

— Y a pas de mal…

La porte s'ouvrit à la volée, ce qui n'était jamais bon signe dans un service d'accouchement. Dédé entra en trombe, le visage blême :

— Vite, c'est Charlie !

Le sang d'Élisabeth fit le tour de son corps sans passer par la tête. Le sol sembla se dérober sous ses pieds.

Elle regarda machinalement sa montre, il était 4 h 32… Merde, merde, merde. 4 h 32. Lors d'un stage, son mentor lui avait dit : « Ma petite Babette, tu as des gardes où tout se passe bien et, pouf, tout part en quenouille d'un coup. Tu verras, c'est vers 4 h 30 du matin que les gros pains arrivent. 4 h 30, c'est le minuit des contes, quand les loups-garous et les vampires se transforment. Si *Cendrillon* se déroulait dans un hosto et pas dans un royaume de conte de fées, c'est à 4 h 30 que le carrosse se transformerait en citrouille. Je te jure. 4 h 30, c'est là où tout bascule, où la petite routine tranquille débouche sur un cauchemar éveillé. Ça arrive régulièrement dans une carrière. La clef pour que les catastrophes ne s'enchaînent pas, c'est de garder la tête froide, de prendre les événements un par un, en sécurisant chaque étape pour ne pas jouer aux dominos. Calme et concentration, répéter les protocoles que l'on a appris à l'école et prier aussi. Enfin, ça, c'est ce que moi je fais. »

— Monsieur Berthau, vous restez avec votre femme, le médecin va arriver, vous nous sonnez si ça ne va pas… Je reviens très vite ! promis Élisabeth, espérant le plus sincèrement possible que cela soit vrai.

GUILLAUME

EN RANG D'OIGNONS ET SUR LEUR TRENTE-ET-UN, tout sourire devant la porte, Guillaume et sa famille firent un effet bœuf en arrivant chez Jacques et Jeannick, les bras encombrés de fleurs et de champagne.

— Oh, vous êtes magnifiques, tous les cinq ! s'exclama la mère d'Elsa. Mais vous êtes fous, il ne fallait pas apporter tout ça !

— Maman, laisse-nous entrer, on est chargés comme des bourriques !

— Donne-moi ce paquet-là, dit Jacques à sa fille en prenant dans ses bras une Hannah hilare dont la tête enrubannée d'un bandeau rouge dépassait tout juste d'un manteau en moumoute blanche. Mais qu'il est beau, ce cadeau de Noël ! Je le garde pour moi.

Toute la famille finit par réussir à entrer dans la maison. Les deux grands couraient déjà en cuisine pour « aider » leur mamie à préparer l'apéritif, ce qui signifiait dans leur esprit : commencer à boulotter les chips.

C'était le tout premier Noël de Guillaume sans sa mère. Il avait été décidé qu'Elsa et les siens viendraient fêter le 24 décembre chez ses parents et que tout le monde dormirait sur place pour enchaîner sur le déjeuner du 25 avec les autres frères et sœurs. Habituellement, le 24 se faisait avec Anne, soit en Bretagne chez Elsa et Guillaume, soit chez elle à Paris avec sa sœur et ses neveux. Guillaume n'avait pas le cœur d'aller à Paris chez sa tante Marinette : il avait le sentiment que l'absence de sa mère serait encore plus criante. Il se souvenait du Noël affreux après la mort de son père et ne voulait plus s'infliger la même chose. Il avait accepté avec gratitude l'invitation de sa belle-famille, dont il s'était encore plus rapproché ces derniers mois.

Il faisait doux dans la maison de Jacques et Jeannick. Un grand feu brûlait ardemment derrière la vitre de l'insert. Des petits lumignons semblables à ceux des églises brûlaient ici et là dans la pièce, hors de portée des enfants. Le sapin richement orné de toutes les couleurs clignotait régulièrement. Cela sentait le pain d'épices et le chapon rôti. Une vraie ambiance de Noël comme savait les fabriquer la mère d'Elsa. Guillaume soupira de bonheur et de satisfaction. Il se trouvait exactement là où il devait, ou plutôt, là où il voulait être : dans une maison chaleureuse et accueillante, entouré de l'amour des siens, le cœur prêt à déborder de guimauve.

Après l'incident de la casserole de riz et son anniversaire fêté à grand renfort de chocolat, il était retourné voir la psychologue dans un état d'esprit différent. Il était prêt à plonger dans ses zones d'ombre et elle l'aidait à tenir fermement la lampe de poche. Il avait parfois peur de trébucher, pourtant il se sentait pleinement investi dans cette tâche qu'il accomplissait pour sa femme et ses enfants, et avant tout pour lui.

Il prit les antidépresseurs légers que lui avait proposés la généraliste. Il était toujours fatigué physiquement, mais il se rendait bien compte désormais que son épisode d'hémiplégie s'apparentait à un burn-out et qu'il allait lui falloir du temps pour récupérer. Tout comme il allait devoir accepter son statut d'orphelin, ce à quoi il s'était refusé à la mort de son père, quinze ans auparavant. Il devait faire le deuil de ses deux parents et, ça aussi, ça prendrait du temps.

Pour l'instant, il ressentait une gratitude infinie d'être toujours en vie, d'avoir une femme et trois enfants en pleine santé – comme pouvait l'attester le niveau sonore du trio du matin au soir.

Elsa, comme à son habitude, s'était écroulée pour mieux se relever. Ils avaient su demander de l'aide à ses parents pour gérer le quotidien en attendant que Guillaume remonte la pente – et il était sur la bonne voie. Il voulait prendre soin de lui pour pouvoir profiter des siens le plus longtemps possible. Il réfléchissait aussi à une reconversion, loin de la programmation et des ordinateurs. Quelque chose de plus humain, où il se sentirait utile, au contact direct des autres. Les ordinateurs avaient longtemps caché sa solitude profonde, mais c'était terminé, il voulait faire partie à plein temps du monde des vivants.

À 19 heures pétantes, Jacques fit sauter le bouchon de champagne sous les bravos de l'assemblée. On commençait les festivités tôt pour ne pas coucher les enfants trop tard. Noël ou pas, ils se réveillaient à l'aube, quelle que soit l'heure à laquelle on les mettait au lit, et se montreraient bien trop grognons le jour suivant s'ils n'avaient pas leur compte de sommeil.

Dans sa belle robe rouge en laine, la petite Hannah buvait vigoureusement au sein de sa mère. Les deux grands, eux, attendaient sagement avec de grands yeux gourmands l'autorisation d'attaquer le plateau de bouchées apéritives préparées de main de maître par Jeannick. Confortablement installée dans le canapé du salon de ses parents, Elsa rayonnait dans son rôle de madone.

— Je te serre une coupe ? lui demanda son père.

— Une petite, ça sera la première depuis un an, alors mieux vaut que j'y aille mollo ! répondit-elle avec une gourmandise non dissimulée.

— Alors, on trinque à quoi ? questionna Jeannick.

— Au père Noël ! affirma du tac au tac Timothée.

Tout le monde rit de bon cœur à cette évidence enfantine.

— Alors, au père Noël ! lança Jeannick.

Guillaume enchaîna :

— On pourrait trinquer à Hannah aussi, on n'a pas eu l'occasion de la fêter comme il se devait, cette petite.

— Surtout qu'on a enfin envoyé les faire-part la semaine dernière, compléta Elsa avec fierté. Il faudra que je vous donne le vôtre, il est dans mon sac à main.

— Oh, tu sais, on était un peu au courant, hein, blagua sa mère.

— Hum, je propose aussi qu'on trinque à celle qui nous manque beaucoup cette année, à Anne, la maman de Guillaume, la Maminou des enfants, proposa timidement Jacques.

Tout le monde, même les enfants, se tourna vers lui, qui n'avait pas levé le nez du cake salé qu'il était en train de découper très minutieusement.

— À Maminou ! cria Timothée, effaçant ainsi toute autre réaction possible.

— À Maminou ! continua la petite Alice du haut de ses 3 ans.

Les adultes levèrent haut leurs verres pour reprendre : « À Maminou ! »

Guillaume attendit patiemment que son beau-père ait fini de découper ce cake – bien trop lentement pour être honnête – et qu'il ait redressé finalement la tête, pour lancer à son tour :

— Et je voulais aussi trinquer à ma femme et à mes beaux-parents pour leur soutien indéfectible ces derniers mois.

Cueilli par ces mots, Jacques prit une teinte cramoisie et renifla bruyamment, en coupant une nouvelle fois le cake qui n'avait rien demandé. Jeannick, elle, se leva pour serrer son gendre dans les bras sans dire un mot. Très émue, Elsa préféra plaisanter :

— Arrêtez ça, c'est la première fois que je me maquille depuis la naissance de la petite, vous allez me faire couler mon mascara !

— Bon, on mange les apéros maintenant ? Parce papy va en faire des miettes, lança avec impatience le téméraire Timothée.

— Tu as raison, mange tout ce que tu veux, mon petit cœur, lui répondit sa mamie. Et passe une serviette à ton grand-père pour qu'il essuie sa goutte au nez avant qu'elle ne tombe sur mon cake !

L'instant était parfait. Ils avaient été tellement bousculés ce dernier trimestre. Il y avait eu la mort d'Anne, la naissance d'Hannah, son hospitalisation, la crise de Guillaume, cela faisait beaucoup pour une petite famille tranquille. Guillaume se fit la réflexion que chacun avait été fortement transformé par cette fin d'année chaotique. Elsa, d'habitude si forte, avait été bousculée dans ses certitudes et en gardait une fêlure fine, mais profonde, qui la faisait temporiser beaucoup plus qu'avant. Paradoxalement, il la trouvait plus cool et plus indulgente avec les enfants et lui-même. Timothée avait profité de cette aventure pour grandir et gagner en autonomie. Alice, qui avait toujours été très proche de sa maman, s'était montrée d'une grande douceur avec Guillaume durant sa crise et venait le chercher beaucoup plus qu'avant. Jeannick, elle, avait été fidèle à elle-même : solide et sensible, même s'il décelait une inquiétude maternelle nouvelle quand elle posait le regard sur lui. Celui qui avait le plus changé, c'était Jacques. Lui qui était plutôt secret et réservé malgré tout l'amour qu'il portait à sa famille, avait été transformé par son passage en néonat avec Hannah.

Et il était tellement touchant, à câliner sa toute petite fille avec ses grosses pattes, que l'équipe soignante lui avait proposé de rejoindre l'équipe des bénévoles. Ces personnes donnaient du temps aux prématurés dont les parents ne pouvaient pas venir tous les jours. Il avait commencé au début du mois et en revenait chaque vendredi avec le sourire en bandoulière. Comme s'il s'était autorisé à ouvrir une partie de lui-même à la sensibilité, ce qu'il niait quand on le lui faisait remarquer, prétextant une maladie de vieux, car l'émotion le surprenait souvent et lui collait les larmes aux yeux.

— Mon cœur, tu peux coucher la petite dans ma chambre ? J'ai une coupe de champagne à déguster ! demanda paresseusement Elsa à son mari.

Guillaume attrapa Hannah, qui semblait repue et prête à tomber dans les bras de Morphée. Il lui fit dire bonne nuit à tout le monde, puis la changea dans la chambre d'enfant d'Elsa transformée en dortoir pour l'occasion. Il la berça doucement dans ses bras en lui fredonnant « À la claire fontaine », la chanson qu'il lui chantait depuis sa naissance, avant de l'installer déjà endormie dans son lit parapluie et de rejoindre le reste de sa famille pour savourer chaque instant de cette veillée de Noël.

DIANE

DIANE POSA LA PILE DE COURRIER qui encombrait ses mains sur la table de son salon. Elle revenait chez elle après une semaine d'absence. Elle n'avait pas encore eu le temps de s'habituer à son nouvel appartement sous les toits qu'elle était déjà partie se ressourcer dans la maison familiale pour les fêtes de Noël. Sa mère l'avait gavée de dinde et de marrons glacés. Elle avait regardé avec son père tous les résumés sportifs de l'année à la télé. Elle était redevenue leur petite fille le temps d'une semaine. Ils n'avaient pas posé de questions sur sa séparation avec Olivier, mais elle leur avait tout raconté. Elle avait trop souffert de se taire pendant trois ans, elle ne referait plus la même erreur. Quand elle lut la tristesse et l'impuissance dans le regard de ses parents, elle se promit de faire appel à eux si elle se trouvait dans une situation délicate à l'avenir. Elle recevait de l'amour pour deux depuis sa naissance, elle le savait, il fallait juste qu'elle l'accepte.

Après cette semaine en position « off », lestée de deux kilos supplémentaires et le réservoir d'amour rempli au maximum, Diane allait fêter le Nouvel An avec Jess et sa petite famille pour une soirée films de Noël. Ce programme lui convenait parfaitement, elle avait du mal avec l'obligation de faire la fête ce jour-là, même si elle adorait les cotillons. Une soirée avec sa tendre amie et les siens devant des films dégoulinants de bons sentiments la comblait.

Diane passa en revue le courrier reçu pendant son absence. Des factures, une carte postale de Marie qui était partie au Vietnam dans sa famille pour un mariage et la grosse enveloppe de suivi de courrier de son ancienne adresse. À l'intérieur, des pubs, une carte de vœux de sa mamie et une enveloppe marron épaisse à l'écriture inconnue. Elle l'ouvrit avec curiosité et en eut pour ses frais. L'enveloppe contenait son carnet rose, un faire-part de naissance et une lettre manuscrite. Incrédule, Diane commença par vérifier qu'il s'agissait bien de son carnet. Aucun doute. Elle déplia la feuille manuscrite pour prendre connaissance de son contenu.

« Bonjour Diane,

Après votre descente du train, j'ai trouvé ce petit carnet sur le sol. Je l'ai ouvert et j'ai compris qu'il s'agissait du vôtre, j'espère que vous me pardonnerez cette curiosité, mais c'est aussi elle qui m'a permis de trouver votre adresse, annotée sur la couverture.

Quand nous nous sommes quittés, ma femme était en route vers l'hôpital, et je suis donc ravi de vous annoncer que c'est une petite fille, Hannah, qui est venue agrandir notre famille. Ses débuts de vie ont été compliqués, mais elle est désormais en pleine forme. Quant à moi, j'ai passé une période difficile, mais je remonte la pente.

Je remarque désormais votre signature dans *TV Magazine* et je ne lis plus vos articles avec le même œil, je vous y retrouve un peu, si je peux me permettre.

J'en profite pour vous souhaiter de très belles fêtes de Noël. Que tous vos vœux soient exaucés, vous le méritez.

Bien à vous.

Votre frère.

P-S : Je vous dois une bière. »

Diane termina sa lecture, un grand sourire sur le visage. Elle ne savait toujours pas si elle connaissait Guillaume avant leur rencontre du train, mais elle savait que les minutes passées avec lui dans ce TGV étaient un trésor à chérir pour toute la vie. Quelque part en Bretagne, il y avait un homme bien qui se présentait comme son frère. Cette pensée l'éclairait de l'intérieur.

Profondément touchée, Diane commença par jeter le carnet rose dans la poubelle du tri des papiers, afin que sa triste histoire de maternité se recycle en quelque chose d'autre, en quelque chose de bon. En faire-part, qui sait ?

Après de longues hésitations, elle tapa un SMS destiné à Guillaume, grâce au numéro de téléphone indiqué sur la carte :

« Bonjour Guillaume.

Félicitations pour l'arrivée de votre petite Hannah, elle est magnifique. J'ai été très touchée par la réception du faire-part. Merci aussi pour le carnet, c'est une délicate attention. Je n'oublierai jamais notre fou rire si particulier dans ce train alors que nos vies étaient sur le point de basculer. Si nous nous revoyons un jour, je vous raconterai ce qu'il en a été pour moi. Je vous souhaite, avec quelques heures d'avance, une très belle nouvelle année.

Signé : votre sœur. »

D'un léger mouvement du pouce, elle cliqua sur « envoyer ».

ÉLISABETH

LA VISION DE CHARLIE INANIMÉE, Michel debout à côté d'elle en train de crier : « Anne, Anne, ouvre les yeux, Anne ! », lui retourna l'estomac et manqua de la faire vomir.

Une demi-heure avant, Élisabeth avait quitté son amie en pleine forme après l'expulsion du placenta, ses constantes étaient bonnes. Qu'avait-il pu se passer ?

— Je ne comprends pas, on discutait et elle s'est sentie faible tout à coup, elle m'a envoyé chercher l'infirmière et, le temps que je revienne, elle avait perdu connaissance, parvint à expliquer Michel.

La blouse de Charlie était maculée de sang à l'entrejambe. Il y en avait tellement que les gouttes qui tombaient de la table d'accouchement commençaient à former une petite mare.

— Elle fait une hémorragie de la délivrance, bordel ! Dédé, bipe de Bourg de toute urgence, il faut la transfuser le plus vite possible. Michel, tu vas m'aider, on va la descendre ensemble au bloc pour ne pas perdre de temps, ordonna-t-elle.

Alors qu'elle déverrouillait les roulettes de la table d'accouchement, elle vit le petit Guillaume qui dormait paisiblement dans son berceau.

— Dédé, tu m'emmènes aussi le petit à la nurserie et tu restes avec la gémellaire, je reviens dès que possible.

« Pas Charlie, bordel pas Charlie, répéta mentalement Élisabeth. S'il vous plaît, mon Dieu, pas Charlie. »

Alors qu'ils s'apprêtaient à sortir le lit de la pièce, elle fut soulagée de voir le visage rassurant du professeur Langlois et l'infirmière de suites de couches arriver en renfort. Elle n'était plus seule pour gérer le cataclysme.

— Que se passe-t-il ? questionna calmement Langlois.

— C'est Charlie. Accouchement voix basse sans instruments et sans épisio avec expulsion du placenta dans la demi-heure. Je ne comprends pas...

Il examina Charlie aussi vite qu'il était humainement possible de le faire.

— Je ne vois pas d'où ça vient, mais c'est abondant et ça ne se calme pas, on va au bloc, immédiatement ! Dites à l'anesthésiste de garde de nous y rejoindre en urgence !

— Je l'ai eu, c'est le docteur de Bourg, il y va tout de suite, affirma Dédé.

— Babette, vous vous chargez de la gémellaire, je vous rejoins quand j'ai fini avec elle. Allez, courage, chacun sait ce qu'il a à faire, on y va.

Sur ces mots, Élisabeth et Dédé regardèrent s'éloigner le lit de leur Charlie encadré par le professeur Langlois, l'infirmière et Michel dans un fracas de roulettes et de claquements de pas.

« Pas Charlie, bordel, pas Charlie. »

Dédé posa la main sur l'épaule d'Élisabeth, qui retint la vague de panique qui menaçait de la submerger. Elle devait rester debout, droite, forte. L'une des leurs devrait lutter pour sa vie, mais leur rôle à elles était d'accompagner la naissance de deux petits êtres, alors elles allaient faire leur travail et serrer les dents en attendant d'avoir des nouvelles de la bataille qui se déroulait à l'étage du dessous.

« Pas Charlie, bordel, pas Charlie. »

Sylvie Blanc était dans un état second, elle accueillait chaque contraction en poussant un râle grave pour exhaler la souffrance qui la terrassait. M. Berthau l'accompagnait toujours comme il pouvait.

Élisabeth constata à nouveau qu'il n'y avait pas de berceau pour jumeaux dans cette salle. Prendre les choses les unes après les autres, garder la tête froide. Et prier ? S'il vous plaît, mon Dieu, pas Charlie, pas Charlie.

— Dédé, trouve-moi vite un berceau double ou deux berceaux simples, prends ce qu'il y aura, on n'a plus le temps de faire la fine bouche. Et bipe-moi un pédiatre pour la prise en charge des jumeaux. Monsieur

Berthau, c'est exceptionnel, mais vous êtes tellement super que je vous propose d'assister à l'accouchement de vos bébés. Est-ce que vous voulez le faire ou c'est trop impressionnant pour vous ?

— Je reste, je ne pensais pas que ça serait aussi difficile pour elle, je ne veux pas la laisser.

Isolée dans sa bulle de concentration pour affronter la douleur, Sylvie Blanc n'était plus en mesure de parler. En soulevant sa blouse, Élisabeth constata qu'elle était à dilatation complète et que le jumeau numéro 1 était prêt à arriver.

Elle vérifia à nouveau ses outils et commença sa petite routine : blouse, lavage de main, gants chirurgicaux…

« S'il vous plaît, mon Dieu, pas Charlie, pas Charlie. »

Dédé revint avec un seul berceau simple en pestant :

— J'ai rappelé les suites de couches en hurlant, ils vont nous descendre un berceau double, mais en attendant j'ai ça !

— Faut y aller, Dédé, le jumeau 1 pointe le bout de son nez.

« S'il vous plaît, mon Dieu, pas Charlie, pas Charlie. Et bordel, aidez-moi pour cette gémellaire en solo. »

Coachée par une Élisabeth concentrée, Sylvie Blanc poussa durant de longues minutes. Cette tâche surhumaine transfigurait ses traits. Chacune de ses cellules était totalement investie dans ce travail colossal, elle donnait la vie dans une douleur qui lui faisait entrevoir sa propre mort. Après un dernier effort, le bébé fut enfin là.

Le jumeau numéro 1 était une petite fille toute rouge et toute brune qui hurlait à pleins poumons. Avec un Apgar à 10 et une taille standard, elle faisait preuve d'une vitalité étonnante, mais, surtout, d'une puissance vocale exceptionnelle pour un nourrisson de quelques minutes.

— Je vous présente Diane, clama fièrement le tout nouveau papa encore un peu inquiet.

— Comme Diane Tell, fit remarquer Dédé.

— Oui, c'est ça, on a entendu sa chanson dans la voiture sur la route en venant ici et Sylvie a changé d'avis.

La jeune maman, soulagée, aux anges d'avoir donné naissance à cette petite merveille, profitait d'une accalmie des contractions.

Élisabeth ne participa pas à la conversation, elle voulait rester concentrée. Heureusement, Dédé parvenait à garder le lien avec les jeunes parents. Le temps d'attente entre la naissance de deux jumeaux était toujours un peu spécial pour l'équipe médicale. On accueillait le premier avec joie et soulagement, mais il ne fallait pas se relâcher ensuite afin d'être en possession de tous ses moyens pour l'arrivée du second.

La pédiatre arriva à ce moment-là pour examiner la petite Diane, mais Élisabeth n'avait pas besoin de son diagnostic pour le savoir, cette enfant-là était en pleine forme, ouf.

Dans la foulée, l'infirmière de suites de couches arriva sur la pointe des pieds avec le berceau double tant espéré. Elle demanda à Dédé :

— On a des nouvelles de Charlie ?

— Pas maintenant, coupa vertement Élisabeth.

L'infirmière repartit sur la pointe des pieds.

« S'il vous plaît, mon Dieu, pas Charlie, pas Charlie. »

La pédiatre installa Diane, toute de rose vêtue, dans son petit lit, ce qui ne l'empêcha pas de pleurer toujours aussi fort. Le bébé numéro 2 se faisait attendre. L'intervalle entre la naissance de deux jumeaux était en moyenne de sept à quatorze minutes : là, on en était à seize et rien ne se passait. Les contractions de Mme Blanc étaient de retour, mais pas de bébé en vue. Élisabeth réalisa un examen lent et précis du col et comprit ce qui clochait.

« Faites que ce bébé soit en vie. Faites que ce bébé soit en vie. Faites que ce bébé soit en vie. »

Tout en restant calme pour ne pas effrayer les jeunes parents, elle fit signe à Dédé et à la pédiatre de s'approcher. C'était le docteur Marion Terrier, une jeune médecin qui avait fait son clinicat dans l'hôpital et était d'une méticulosité impressionnante. Elle venait souvent à la maternité pour les consultations de suites de couches. Elles avaient presque le même âge, toutes les deux, alors elles se permettaient le « tu ». Le docteur

Terrier ne laissait rien au hasard et était reconnue pour la finesse de ses diagnostics. Élisabeth lui faisait une confiance aveugle. C'était un peu le médecin qu'elle regrettait de ne pas être. Les hurlements de la petite Diane couvraient sa voix, ce qui l'arrangeait particulièrement.

— Le bébé se présente par le dos et je ne l'ai pas senti réactif quand je l'ai touché. J'ai besoin que tu me conseilles, Marion.

— Tu as essayé de le manœuvrer ?

— Oui, mais il ne bouge pas et je n'ai pas assez de force. Je fais quoi ?

— Babette, tu as fait naître plus de bébés que moi. Gémellaire ou pas, fais-toi confiance.

Tout en fermant les yeux, Élisabeth chercha la réponse au plus profond de son expérience. Elle l'avait senti sous ses doigts, ce bébé était mort *in utero*. Ça la ravageait avec une violence sourde. Même si elle sentait que ça ne servait à rien, s'il y avait la plus infime chance qu'il soit encore en vie, elle allait tout faire pour le sauver.

— D'accord, voilà ce que l'on va faire. Je tente à nouveau la version pour le mettre dans le bon sens et, vous deux, vous accompagnez la manœuvre avec des pressions sur le ventre. Si ça ne marche pas, on la descend au bloc aussi vite que possible. OK ?

— OK ! répondirent en chœur Dédé et la pédiatre.

— Allez, on y retourne. Courage.

Malgré toute la bonne volonté de l'équipe médicale, malgré l'énergie du désespoir de la jeune maman, malgré le soutien sans faille du jeune papa, malgré les hurlements de la jumelle numéro 1, le jumeau numéro 2 n'arriva pas.

Il fallut demander à M. Berthau de retourner en salle d'attente. Il fallut se résoudre à caser en catastrophe la petite Diane hurlant toute seule dans son berceau double dans la nurserie où dormait le placide Guillaume. Il fallut laisser en plan les salles d'accouchement ravagées, comme après de longues batailles, pour accompagner Sylvie Blanc au bloc en vue d'une césarienne d'urgence.

À 6 heures du matin, Élisabeth remonta à la maternité, le cœur réduit en morceaux par tant d'injustice.

Depuis le poste des sages-femmes, elle décrocha le téléphone pour prendre des nouvelles de son amie auprès de l'infirmière de garde en salle de réveil.

Charlie se réveillait péniblement et vomissait beaucoup. Elle n'était pas cohérente, on venait de lui administrer un sédatif pour la plonger dans un sommeil de plusieurs heures afin qu'elle récupère. On lui amènerait son bébé plus tard, quand elle serait bien réveillée et transférée en suites de couches. Il faudrait alors lui annoncer qu'elle avait fait une hémorragie massive de la délivrance et qu'elle ne pourrait plus jamais avoir d'enfant. Le professeur Langlois n'avait pu éviter l'hystérectomie pour la sauver.

Élisabeth repensa à la discussion qu'elle avait eue, un soir, avec Michel et Charlie, autour d'une délicieuse blanquette de veau. Idéalement, ils voulaient un garçon et une fille. Un enfant unique, ils trouvaient ça trop triste. Michel voulait apprendre à son fils à faire du foot et Charlie à sa fille à fermer la bouche des machos. Une partie de leur rêve s'était réalisée cette nuit. Mais cette nuit y avait également mis fin. Il n'y aurait que Guillaume.

Mme Blanc dormait toujours après sa césarienne d'urgence. Elle aussi était bien vivante, mais, à son réveil, elle comprendrait que le petit garçon qu'elle espérait tant était né sans vie, le cordon enroulé autour du cou. Il devait se prénommer Matthias. C'est ce que M. Berthau avait confié à Élisabeth quand elle lui avait annoncé la terrible nouvelle. La petite Diane devrait grandir sans son frère.

Dédé revenait de la nurserie avec deux biberons vides. Élisabeth lui fit le compte-rendu de son coup de fil sinistre avec la salle de réveil.

— Quelle nuit de merde, tant de malheurs, c'est pas humain, soupira Dédé en s'écroulant sur une chaise. C'est tellement injuste pour ce bébé et pour Charlie qui n'en aura plus jamais d'autre.

— Je sais. Je m'en veux, j'aurais dû…

Dédé se redressa comme un diable :

— Ah non, Babette, tu vas pas te mettre à culpabiliser, parce que moi, j'étais là du début à la fin : tu as été irréprochable ! Personne n'aurait pu prévoir ce qui est arrivé ce soir ! Je suis passée voir Charlie quinze minutes avant que Michel nous appelle et tout se passait bien. La gémellaire, tu as fait tout ce qu'il fallait, tu as sorti la petite et le reste, c'est pas ta faute ! Il était déjà plus vivant, ce bébé, quand est venu le moment de sortir, tu n'y peux rien. C'est dégueulasse, c'est horrible, mais c'est pas ta faute.

Élisabeth culpabilisait pourtant intérieurement. Elle se disait que, à force d'avoir prié Dieu de ne pas lui prendre Charlie, celui-ci avait décidé de prendre le jumeau numéro 2 à sa place. C'était ridicule, elle le savait bien, mais on n'est pas forcément rationnel dans ces moments-là.

— Babette, la vie, parfois, c'est la merde et ça éclabousse. Ça arrive sans qu'il y ait forcément de coupable. Et c'est pas pour ça que c'est plus facile à vivre.

« Shit happens everyday », disait George, l'ex écossais d'Élisabeth. Ça sonnait mieux en anglais, les grandes phrases.

— Les deux petits ont bu le biberon, vivement que cette garde se termine. Je vais fumer une clope, j'ai besoin de prendre l'air, tu viens avec moi ? proposa Dédé pour alléger l'atmosphère.

Élisabeth refusa, elle entendait un des deux bébés hurler dans la nurserie.

Dans cette pièce feutrée, à la lumière tamisée, Diane, la jumelle esseulée, pleurait de toutes ses forces. La puissance de ses cris couvrait également les couinements de souris de Guillaume, qui était bel et bien réveillé lui aussi et très en colère.

Assaillie par les émotions de la nuit, bouleversée par les cris déchirants de ces deux nourrissons si pleins de vie, Élisabeth fondit en larmes et leur parla à voix haute :

— Je suis désolée, les enfants, tellement désolée. J'aurais voulu que tout aille bien pour tout le monde, mais je n'ai pas réussi. « Shit happens everyday » et j'en suis désolée.

Les deux bébés s'époumonaient de concert. Les mains chaudes d'Élisabeth posées sur leur ventre ne les calmaient pas. Elle prit alors dans ses bras Guillaume, le fils de sa tendre amie, pour le bercer. Rien à faire, il continuait de monter dans les aigus avec le soutien actif de Diane pour les graves. Celle-ci semblait perdue dans sa grenouillère rose au milieu de son grand berceau double. Ce berceau après lequel Élisabeth avait couru toute la soirée et qui ne servait plus à rien maintenant. La place vide creusa un trou béant dans son estomac.

Elle serra un peu plus fort Guillaume contre elle, dans l'espoir de l'apaiser. Sans succès.

Sa tête tourna. Elle fut prise d'un léger vertige. Dans un geste qui lui parut évident, elle déposa délicatement Guillaume juste à côté de Diane. Comme pour effacer l'absence.

Les deux bébés se calmèrent instantanément. Leurs visages l'un en face de l'autre s'emboîtèrent comme deux pièces d'un puzzle parfait. Guillaume cala son nez entre les deux sourcils de Diane, qui reposa le sien sur la bouche du petit garçon.

À bout de forces, Élisabeth trouva du réconfort dans cette image presque pieuse de deux anges enlacés tels le yin et le yang. Elle resta là longtemps à les contempler en leur souhaitant une vie le plus paisible possible.

À regret, elle détacha ses yeux des deux bébés enlacés qu'elle trouvait si beaux. Avant de quitter la pièce, elle ouvrit un tiroir pour en sortir un objet qui n'avait pas servi depuis longtemps. Elle voulait leur offrir un supplément de douceur après cette venue au monde chaotique, ne serait-ce que le temps d'un refrain.

Elle remonta le mécanisme, puis s'éloigna vers le poste de garde, les laissant un peu moins seuls au monde. Bercés par la mélodie cristalline d'« À la claire fontaine », qui s'échappait de l'antique boîte à musique de l'hôpital, Guillaume et Diane respiraient en totale harmonie pour ne former qu'une seule âme.

Il y a longtemps que je t'aime, jamais je ne t'oublierai.

FIN

Remerciements

Merci à mon mari, Tanguy, mon lecteur le plus exigeant et le roi du Post-it, qui croit en moi depuis plus de vingt ans. Je t'aime, amour de moi.

Merci à mes trois enfants de m'avoir laissée grapiller du temps à notre quotidien pour réaliser mes rêves. Vous êtes l'un d'eux, le plus précieux.

Merci à Angèle, ma maman, et à mon cortège de beaux-parents : Maryvonne, Dominique, Jean-Paul et François. Je suis tellement chanceuse d'avoir une telle *dream team* à mes côtés.

Merci à Jean, mon papa, qui m'a transmis beaucoup, notamment son amour de l'écriture.

Merci à Mariam Sheik Fareed. Ma chère Mimi, toutes ces heures passées à écrire et à discuter de nos histoires, face à face dans les cafés, ont fait de nous des romancières éditées la même année. Les « nous » de 2016 peuvent être fières.

Merci à mes amies Caroline, Marie, Julie et Gaëlle qui ont lu ce roman quand il était encore un joli bazar et dont les critiques constructives et pleines d'amour m'ont donné l'énergie de continuer.

Merci à ma famille, à mes amis et à ma sangat. J'espère être à la hauteur de l'amour que vous me portez et de la confiance que vous m'accordez.

Merci à mes amies Céline et Camille, et à tous les copains-copines blogueurs/instagrameurs : Anne-Solange, Muriel, Alexandra, Zaza, Isa, Sophie, Ève, Cécile, Aurélie, Anne, Aurore, Laëtitia, Michaël, Caro, Marjolaine, Cécile, Manue, Anne-Cha… Je ne peux tous vous citer, mais vous regarder grandir et évoluer, chacun et chacune à votre manière, m'a énormément inspirée et m'a donné beaucoup de liberté.

Merci à Marie, mon amie, ma fée du vendredi.

Merci à Olivia Tampon-Lajarriette, mon amie et coach ; à Sat Sarbat, Satmukh et Fateh, mes enseignants de yoga kundalini. Vos lumières m'ont aidée à me déployer.

Merci à Alice Serverin, sans qui ne je n'aurais peut-être pas osé écrire la première ligne de ce roman.

Merci à Virginie Grimaldi d'être ma grande sœur romancière. Merci mon Robert pour les carnets, pour ton regard sur moi – ton Roger – et pour tout le reste.

Merci à Audrey Petit d'avoir cru en cette histoire et de m'avoir aidée à lui trouver une maison.

Merci à toutes les fées qui se sont penchées sur le berceau de *Jamais je ne t'oublierai*, et il y en a eu beaucoup. Vous qui m'avez dit de continuer, qui avez répondu à mes questions techniques, vous qui m'avez mise en contact avec les personnes dont je rêvais, vous qui avez envoyé le mail qu'il fallait au bon moment pour décoincer une situation. Merci du fond du cœur.

Merci à Thomas Coville d'avoir bien voulu figurer dans ce roman. Cher Thomas, j'aime à croire que mon porte-clef (un morceau de cordage de votre *Ultim'*) me sert aussi de porte-bonheur.

Merci à Quibe d'avoir si joliment réalisé la couverture dont je rêvais.

Merci à toute l'équipe des Éditions Fayard de m'accueillir. Quelle joie et quel honneur. J'espère avoir bientôt l'occasion de rencontrer chacun d'entre vous.

Merci, en particulier, à Alexandrine Duhin, mon éditrice. Merci Alexandrine pour ton accompagnement si raffiné, ton écoute et ton travail exigeant au service du texte. Merci également à Iris Néron-Bancel pour ses conseils si justes.

Merci infiniment aux lectrices (et aux quelques lecteurs !) de mon blog et à mes abonnées sur les réseaux sociaux. Merci de me suivre – depuis treize ans pour certaines – dans mes différentes aventures. Que je fasse des enfants, des guides pratiques, du yoga ou des romans, votre énergie me porte. Vous me permettez d'explorer les différentes facettes de ma vie et me motivez à être chaque jour plus alignée avec moi-même.

Enfin, merci aux lecteurs qui ont acheté ce livre de donner sa chance à mon premier roman.

Composition réalisée par Belle Page

Cet ouvrage a été imprimé en France par
CPI Brodard & Taupin
Avenue Rhin et Danube
72200 La Flèche (France)

pour le compte des Éditions Fayard
en avril 2021

PAPIER À BASE DE FIBRES CERTIFIÉES

Fayard s'engage pour l'environnement en réduisant l'empreinte carbone de ses livres. Celle de cet exemplaire est de :
1,2 kg éq. CO_2
Rendez-vous sur www.fayard-durable.fr

N° d'édition : 55-2977-7/01 - N° d'impression : 3043233